HISTORIAS
DE
SIEMPRE
ALFAGUARA

LA VUELTA AL MUNDO EN 80 DÍAS

Julio Verne

La vuelta al mundo en 80 días es una obra colectiva concebida, diseñada y creada por el equipo editorial Alfaguara de Grupo Santillana de Ediciones, S. A.

En su realización han intervenido:
Edición: Marta Higueras Díez
Adaptación de la novela de Julio Verne: **Sagrario Luna**
Ilustración: **Lorenzo Rodríguez**
Diseño de cubierta: Inventa C. G.
Revisión editorial: Carlos García
Realización: Victor Benayas
Dirección técnica: José Crespo

© 1996, Grupo Santillana de Ediciones, S. A.
Torrelaguna, 60. 28043 Madrid

Aguilar, Altea, Taurus, Alfaguara, S. A. de Ediciones
Beazley, 3860. 1437 Buenos Aires

Aguilar, Altea, Taurus, Alfaguara, S. A. de C.V.
Av. Universidad, 767. Col. Del Valle.
México, D. F. C. P. 03100

Distribuidora y Editora Aguilar, Altea, Taurus, Alfaguara, S. A.
Calle 80, n° 10-23
Santafé de Bogotá-Colombia

ISBN: 84-204-5705-1
DL.: M-35.700-1998

Printed in Spain - Impreso en España por
Gráficas Rógar, S. A. Navalcarnero (Madrid)

3ª edición: octubre, 1998

LA VUELTA AL MUNDO EN 80 DÍAS

Julio Verne

PERSONAJES

Phileas Fogg

Caballero inglés metódico
y de existencia misteriosa.
Es un honorable miembro del
Reform-Club. Se compromete a
dar la vuelta al mundo en ochenta
días y, tras muchas vicisitudes,
logra su empeño.

Jean Passepartout

Joven francés que entra al servicio de
Phileas Fogg y acompaña al caballero en
su aventura.

Aouda
Joven hindú liberada por Phileas Fogg, con la ayuda de Passepartout. Aouda, les acompaña en gran parte del viaje.

Fix
Tenaz detective que considera a Phileas Fogg autor del robo al Banco de Inglaterra. Por eso le sigue en su vuelta al mundo hasta conseguir detenerlo.

La historia de...
LA VUELTA AL MUNDO EN 80 DÍAS

EN EL AÑO 1872, EN LONDRES, VIVÍA UN CABALLERO LLAMADO PHILEAS FOGG.

PASSEPARTOUT, DESDE HOY SE HALLA USTED A MI SERVICIO.

HACÍA UNOS DÍAS SE HABÍA PRODUCIDO UN IMPORTANTE ROBO EN EL BANCO DE INGLATERRA.

¿QUÉ HAY DEL ROBO?

SE DETENDRÁ AL LADRÓN. NO SE PUEDE ESCONDER EN NINGÚN PAÍS.

LA TIERRA ES MUY GRANDE.

NO TAN GRANDE. SE PUEDE RECORRER EN OCHENTA DÍAS.

ÉSE ES EL TIEMPO MÍNIMO.

APUESTO VEINTE MIL LIBRAS A QUE PUEDE HACERSE.

YA EN SU CASA....

VAMOS A DAR LA VUELTA AL MUNDO.

PERO... SEÑOR.

MIENTRAS TANTO, FOGG Y PASSEPARTOUT LLEGABAN A SUEZ.

ES MI HOMBRE. LO SEGUIRÉ HASTA DETENERLO.

FOGG, SU CRIADO, UNA JOVEN HINDÚ Y SEGUIDOS POR UN DETECTIVE, VIAJARON EN TRENES Y BARCOS POR ASIA Y AMÉRICA.

GRACIAS.

LA LLEVARÉ HASTA HONG KONG.

POR FIN, LLEGARON A LIVERPOOL.

EN NOMBRE DE LA REINA, QUEDA USTED DETENIDO.

FOGG FUE LIBERADO. EL VERDADERO LADRÓN ESTABA ENCARCELADO DESDE HACÍA UNOS DÍAS. PERO AL LLEGAR A LONDRES...

SON LAS NUEVE MENOS DIEZ. HE PERDIDO LA APUESTA.

PERO, AL VIAJAR HACIA EL ESTE, HABÍAN GANADO UN DÍA, SIN HABERSE DADO CUENTA.

¡SEÑOR, HOY ES SÁBADO, NO DOMINGO!

EL VEINTIUNO DE DICIEMBRE, EN EL REFORM-CLUB...

AQUÍ ESTOY, SEÑORES.

CAPÍTULO UNO

Phileas Fogg contrata a Passepartout

En el año 1872, el señor Phileas Fogg llevaba una pacífica existencia en su casa de Saville Row, en la ciudad de Londres.

Este caballero, uno de los más distinguidos y notables miembros del Reform-Club de Londres, aunque era inglés, no parecía ser londinense. Nada se sabía de él. Nunca se le había visto en la Bolsa, ni en la Banca, ni en ninguna oficina comercial. No era industrial, ni negociante, tampoco era comerciante, ni agricultor. No formaba parte de ninguno de los institutos o sociedades del país y no pertenecía, en fin, a ninguna de las numerosas organizaciones de las que abundaban en la capital de Inglaterra.

El misterioso Phileas Fogg era miembro del Reform-Club. Y eso era todo.

Había ingresado en esta honorable asociación recomendado por los hermanos Baring, en cuyo banco tenía abierta una cuenta. Este hecho daba al señor Fogg cierta reputación: sus cheques eran regularmente pagados, ya que su cuenta corriente presentaba siempre saldo positivo.

¿Era rico Phileas Fogg? Sin duda alguna. Ahora bien, saber cómo había hecho su fortuna era algo que ni los mejor informados podían explicar. Y, ciertamente, al señor Fogg era la última persona a la que habría que dirigirse para saberlo. De cualquier forma, no derrochaba, aunque tampoco era avaro, y siempre que fuera necesaria una ayuda para una causa noble, útil o generosa, él la prestaba anónimamente.

En suma, nadie menos comunicativo que este caballero. Hablaba lo menos posible y era, precisamente, su carácter silencioso lo que le hacía parecer aún más enigmático. Pero todo cuanto hacía era tan matemáticamente idéntico, que la imaginación insatisfecha de las gentes intentaba ir más allá.

¿Había viajado? Con toda probabilidad, no había lugar, por remoto que fuera, del que no tuviese un conocimiento especial, del que no pudiera hablar con brevedad y precisión.

No obstante, lo cierto es que, desde hacía muchos años, Phileas Fogg no había salido de Londres. Nadie lo había visto en otro lugar que no fuera el club o en el trayecto que hacía de allí a su casa. Sus únicos pasatiempos eran leer los periódicos y jugar al *whist*. En este silencioso juego de cartas, tan apropiado a su naturaleza, ganaba a menudo, pero esas ganancias no iban a parar nunca a su bolsillo, sino que las destinaba a obras de caridad.

Por otra parte, el señor Fogg jugaba por jugar, no por ganar. El juego era para él una lucha contra una dificultad, pero una lucha sin movimiento, sin desplazamiento, sin cansancio, lo que iba a la perfección con su carácter.

A Phileas Fogg no se le conocían ni mujer, ni hijos, ni parientes, ni amigos. Vivía solo en su casa de Saville Row. No recibía visitas de nadie. Un solo sirviente le bastaba, ya que almorzaba y cenaba en el club a horas exactamente determinadas, en la misma sala, en la misma mesa y sin hablar con sus colegas. Y volvía a su casa para acostarse a las doce de la noche en punto. De las veinticuatro horas del día, sólo pasaba diez en su domicilio, justo las necesarias para dormir y arreglarse.

Dadas las invariables costumbres del caballero, el servicio que precisaba era escaso. Sin embargo, Phileas Fogg exigía a su único criado una puntualidad y regularidad extraordinarias. Aquel mismo día, el dos de octubre, había despedido a su sirviente por haberle llevado el agua para afeitarse a 28,8° en lugar de a 30° centígrados. En ese momento estaba esperando al candidato que ocuparía el puesto vacante.

Phileas Fogg, sentado, contemplaba las agujas del reloj de pared, un complicado aparato que indicaba las horas, los minutos, los segundos, el día de la semana, del mes y el año. Llamaron a la puerta. Un muchachote apareció en el salón y saludó.

—¿Es usted francés y se llama John? —preguntó el señor Fogg.

—Jean, si no le molesta —respondió el recién llegado—. Jean Passepartout. Creo ser un hombre honrado, señor. Debo decirle que he tenido varios oficios: cantante, artista ecuestre en un circo, volatinero, funámbulo, profesor de gimnasia, sargento de bomberos. Hace cinco años dejé Francia para venir a Inglaterra a trabajar como ayuda de cámara; al llegar a mis oídos que usted es el hombre más exacto y sedentario del Reino Unido, he venido a su casa en busca de tranquilidad.

—Poseo muy buenos informes sobre usted, Passepartout. ¿Conoce usted mis condiciones?

—Sí, señor.

—Bien. ¿Qué hora tiene?

—Las once y veintidós —contestó Passepartout tras mirar su reloj.

—Va retrasado.

—Perdóneme, señor, pero eso es imposible.

—Son las once y veintinueve. No tiene importancia. Tendré en cuenta la diferencia. A partir de este momento, once y veintinueve del miércoles dos de octubre de 1872, se halla usted a mi servicio.

Dicho esto, Phileas Fogg se levantó y salió. Passepartout oyó cerrarse la puerta de la calle. Se quedó solo en la casa.

Durante los pocos minutos que había estado con el señor Fogg, Passepartout lo había examinado cuidadosamente. Era un hombre que tendría unos cuarenta años, de noble y hermoso rostro, de elevada estatura y al que no afeaba una ligera obesidad.

Phileas Fogg era una de esas personas matemáticamente exactas, nunca precipitadas, pero siempre dispuestas. Era el hombre menos apresurado del mundo, pero siempre llegaba a tiempo. Jamás se le había visto emocionado o turbado.

En cuanto a Passepartout, era un auténtico parisiense. En los cinco años que llevaba en Inglaterra había buscado en vano un amo con quien pudiera encariñarse. Era apacible y servicial.

Su fisonomía era agradable. Tenía los ojos azules y el pelo castaño, un poco rebelde. Era ancho de tórax, con una vigorosa musculatura y una fuerza hercúlea, que los ejercicios de su juventud habían desarrollado admirablemente.

Passepartout comenzó la inspección de la casa poco después de haber salido de allí el señor Fogg. Era una casa limpia, ordenada, austera, bien organizada para el servicio. Le gustó. Halló fácilmente en el segundo piso la habitación que le estaba destinada. Timbres eléctricos y tubos acústicos la ponían en comunicación con los aposentos del entresuelo y del primer piso. En la chimenea había un reloj eléctrico, conectado con el reloj del dormitorio del señor. Los dos aparatos marcaban en el mismo instante el mismo segundo.

"Me gusta esto. Me gusta...", pensaba Passepartout.

En su habitación encontró también, fijada a la pared, la hoja con el programa del servicio cotidiano. Desde las ocho de la mañana, hora en la que se levantaba el señor Fogg, hasta las doce de la noche, cuando se acostaba, todo estaba anotado, previsto y reglamentado. Passepartout se entretuvo divertido estudiando aquel programa y grabando en su memoria cada uno de los detalles que en él figuraban.

El guardarropa estaba magníficamente surtido y en perfecto orden. Cada prenda aparecía numerada y en un registro estaba anotada la fecha en la que debía ser usada, según la estación. Lo mismo, para el calzado.

El mobiliario de la casa revelaba la desahogada posición de su inquilino. No había libros, inútiles para el señor Fogg, que disponía de dos bibliotecas en el Reform-Club. En el dormitorio, había una caja fuerte, cuya sofisticada instalación la ponía a salvo de todo riesgo de incendio o robo. No había ninguna arma, ni ningún instrumento o utensilio de caza o de guerra. Todo indicaba allí las costumbres más pacíficas.

Acabada la minuciosa inspección, Passepartout se frotó las manos alegremente. "¡Me gusta esto! ¡Justo lo que yo quería! El señor Fogg y yo nos vamos a entender, él es un hombre casero y regular, una verdadera máquina, y a mí no me desagrada en absoluto servir a una máquina", se decía el muchacho muy animado.

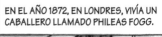
EN EL AÑO 1872, EN LONDRES, VIVÍA UN CABALLERO LLAMADO PHILEAS FOGG.

SU EXISTENCIA ERA MISTERIOSA. ERA RICO Y UNO DE LOS HONORABLES MIEMBROS DEL REFORM-CLUB.

ERA EXACTO Y METÓDICO.

EL AGUA NO ESTÁ A 30 GRADOS, SINO A 28,8. QUEDA USTED DESPEDIDO.

PASSEPARTOUT, DESDE HOY SE HALLA USTED A MI SERVICIO.

ME GUSTA. ESTE HOMBRE

CAPÍTULO DOS

Una arriesgada apuesta

Phileas Fogg había salido de su casa a las once y media en punto. Llegó al Reform-Club, se dirigió al comedor y se instaló en su mesa de siempre. Almorzó y se dirigió a un gran salón, donde leyó los periódicos hasta la hora de la cena.

Después de la cena, aparecieron los habituales compañeros de juego del señor Fogg. Eran el ingeniero Andrew Stuart, los banqueros John Sullivan y Samuel Fallentin, el cervecero Thomas Flanagan y Gauthier Ralph, administrador del Banco de Inglaterra.

Junto a la chimenea, mientras jugaban, los caballeros comenzaron una animada conversación sobre un hecho ocurrido el veintinueve de septiembre. Se trataba del robo de cincuenta y cinco mil libras, sustraídas de la mesa del cajero del Banco de Inglaterra.

Este establecimiento se caracterizaba por la alta consideración que manifestaba hacia su público: ni un guardia, ni una reja, ni un vigilante; el oro, la plata y los billetes están a la vista y, por así decirlo, al alcance del primero que llegue.

–Bueno, Ralph, ¿qué hay del robo? –preguntó Flanagan.

–Espero que se le eche el guante pronto al ladrón: los inspectores de policía vigilan los principales puertos de América y Europa. Le va a ser difícil escapar –dijo Gauthier Ralph.

–Pero, ¿se le ha identificado? –preguntó Andrew Stuart.

–No. Pero se sabe que no es un ladrón –contestó Ralph.

–Los periódicos aseguran que es un caballero –dijo Fogg.

–De todas formas –intervino Ralph–, no existe ni un solo país donde se pueda refugiar.

–¡No me diga! ¡La Tierra es muy grande! –respondió Stuart.

–Lo fue antes –musitó Phileas Fogg.

–¿Antes? ¿Acaso ha disminuido su tamaño? –preguntó Stuart.

–Sin duda –repuso Ralph–. Hoy se puede recorrer diez veces más rápido que hace cien años.

–En sólo ochenta días –dijo Phileas Fogg.

–En efecto, señores –añadió John Sullivan–. Con los últimos ferrocarriles abiertos en Oriente, sólo son necesarios ochenta días. Éste es el cálculo aparecido en un periódico:

	Días
De Londres a Suez, por ferrocarril y barco	7
De Suez a Bombay, por barco	13
De Bombay a Calcuta, por ferrocarril	3
De Calcuta a Hong Kong, por barco	13
De Hong Kong a Yokohama, por barco	6
De Yokohama a San Francisco, por barco	22
De San Francisco a Nueva York, por ferrocarril	7
De Nueva York a Londres, por barco y ferrocarril	9
Total	80

—Sí, ¡ochenta días! —exclamó Andrew Stuart—. Pero sin tener en cuenta el mal tiempo, los vientos contrarios, los naufragios o los descarrilamientos.

—Incluso teniendo en cuenta todo eso —respondió Phileas Fogg.

—Teóricamente, quizá tenga razón, señor Fogg —dijo Andrew Stuart—, pero en la práctica...

—En la práctica también, señor Stuart.

—Me gustaría verlo.

—Depende de usted. Partamos juntos.

—¡Líbreme el cielo! —exclamó Stuart—. Pero apostaría cuatro mil libras a que es imposible hacer el viaje en ese tiempo.

—Al contrario. Es muy posible —respondió Fogg.

—Pues hágalo usted.

—De acuerdo.

—¿Cuándo?

—Inmediatamente.

—¡Es una locura! —exclamó Stuart—. Pero cuando yo digo que apuesto, lo digo en serio.

—De acuerdo —dijo Fogg—. Tengo veinte mil libras en el banco de los hermanos Baring y estoy dispuesto a arriesgarlas...

—¡Veinte mil libras! —exclamó John Sullivan—. Las puede usted perder por cualquier retraso imprevisto.

—Lo imprevisto no existe —respondió sencillamente Phileas Fogg.

—Pero... ¡Esos ochenta días son el mínimo tiempo posible!

—Un mínimo bien empleado, basta para todo.

—Pero, para no rebasarlo, tendría que saltar matemáticamente de los trenes a los barcos y de los barcos a los trenes.

—Saltaré matemáticamente.

—¡Es una broma!

—Un buen inglés no bromea nunca cuando se trata de algo tan serio como una apuesta. Apuesto veinte mil libras a que daré la vuelta al mundo en ochenta días o menos. ¿Aceptan ustedes? Los señores Stuart, Fallentin, Sullivan, Flanagan y Ralph aceptaron unánimemente.

—Bien. Saldré esta misma tarde. Dado que hoy es miércoles dos de octubre —dijo el señor Fogg consultando un calendario—, deberé estar de vuelta, en este mismo salón, a las ocho cuarenta y cinco de la tarde del sábado veintiuno de diciembre. De no ser así, las veinte mil libras les pertenecerán. Les dejo este cheque.

Phileas Fogg estaba tranquilo. Sólo había comprometido la mitad de su fortuna porque preveía que la otra mitad la necesitaría para llevar a cabo su difícil, por no decir imposible, proyecto.

Se levantó acta de la apuesta, que fue firmada por los seis interesados, y el señor Fogg se despidió de sus honorables compañeros del Reform-Club.

A las siete y cincuenta minutos, Phileas Fogg entraba en su casa. Passepartout, que había estudiado concienzudamente su programa, se quedó muy sorprendido al ver aparecer a hora tan insólita al señor. Según la nota no debía llegar hasta las doce en punto de la noche.

Phileas Fogg subió a su habitación y llamó a Passepartout. Éste no respondió. No podía ser. No era la hora.

—¡Passepartout! —repitió la llamada sin elevar la voz.

Passepartout se presentó.

—Es la segunda vez que lo llamo.

—¡Pero si no son las doce! —respondió con el reloj en la mano.

—Lo sé —dijo Phileas Fogg—. No le hago ningún reproche. Salimos dentro de diez minutos hacia Dover y Calais.

—¿El señor se va de viaje? —preguntó con estupor Passepartout.

—Sí. Vamos a dar la vuelta al mundo.

—¡La vuelta al mundo! —murmuró el muchacho desconcertado.

—En ochenta días —respondió el señor Fogg—. No tenemos ni un instante que perder.

—Pero... ¿y las maletas?

—Nada de maletas. Ya compraremos por el camino. Lleve buenos zapatos, aunque caminaremos poco o nada. Coja este bolso y tenga mucho cuidado con él. Dentro hay veinte mil libras.

El señor Fogg sólo llevaba una guía general de ferrocarriles y barcos. Cerraron la puerta y se dirigieron en coche a la estación.

Al bajar del coche, una pobre mendiga con un niño de la mano pidió una limosna al señor Fogg. Éste sacó de su bolsillo el dinero que había ganado en la partida de *whist* y se lo dio a la mujer.

—Tenga. Me alegro de haberme encontrado con usted.

A Passepartout se le humedecieron los ojos con el detalle del señor Fogg.

En el vestíbulo de la estación, Phileas Fogg vio a sus compañeros del Reform-Club.

—Señores, me voy. Los sellos de los visados en mi pasaporte les permitirá comprobar mi itinerario cuando regrese.

—¡Oh, señor Fogg, eso es innecesario! Confiamos en su palabra de caballero —dijo cortésmente Gauthier Ralph.

—Hasta la vista, señores.

PHILEAS FOGG IBA TODOS LOS DÍAS AL REFORM-CLUB. ALLÍ COMÍA, CENABA, LEÍA LOS PERIÓDICOS Y...

...JUGABA A LAS CARTAS CON OTROS CABALLEROS.

HACÍA UNOS DÍAS SE HABÍA PRODUCIDO UN IMPORTANTE ROBO EN EL BANCO DE INGLATERRA.

¿QUÉ HAY DEL ROBO?

SE DETENDRÁ AL LADRÓN. NO SE PUEDE ESCONDER EN NINGÚN PAÍS.

LA TIERRA ES MUY GRANDE.

NO TAN GRANDE. SE PUEDE RECORRER EN OCHENTA DÍAS.

ÉSE ES EL TIEMPO MÍNIMO.

APUESTO VEINTE MIL LIBRAS A QUE PUEDE HACERSE.

YA EN SU CASA....

VAMOS A DAR LA VUELTA AL MUNDO.

PERO... SEÑOR.

CAPÍTULO TRES

Una verdadera conmoción nacional

El tren había salido puntualmente de la estación de Londres. El señor Fogg y Passepartout iban juntos en el mismo compartimento.

—¡Oh, no! —exclamó desesperado Passepartout.

—¿Qué ocurre?

—Pues... con las prisas he olvidado apagar el farol de mi cuarto.

—Bien, muchacho, el gas que gaste correrá de su cuenta.

Al dejar Londres, Phileas Fogg no podía sospechar la gran resonancia que iba a adquirir su viaje. La noticia sobre la apuesta se extendió primero en el Reform-Club y después, por medio de los periódicos, a toda la ciudad y a todo el país.

El asunto de la vuelta al mundo fue comentado, discutido y analizado con ardor y pasión. Algunos tomaron partido por el señor Fogg y otros, la gran mayoría, se pronunciaron en contra.

Todos los periódicos de gran circulación se declararon contrarios a la empresa que se disponía a llevar a cabo aquel loco caballero. Sólo uno de los periódicos de gran tirada defendió, en cierta medida, a Phileas Fogg.

El siete de octubre aparecía un extenso artículo en el *Boletín de la Real Sociedad de Geografía* que causó una gran sensación. En él se demostraba claramente que aquel viaje era una auténtica locura, ya que bastaría cualquier retraso, en uno solo de los medios de transporte utilizados por el señor Fogg, para dar al traste con su objetivo.

Aquel artículo acabó con los pocos defensores de Phileas Fogg y, hasta aquellos que habían arriesgado su dinero en cuantiosas apuestas a su favor, empezaron a dudar que la empresa fuera posible. Sólo le quedó al señor Fogg un partidario, el viejo paralítico Lord Albermale; un noble caballero, que habría dado su fortuna entera por poder dar la vuelta al mundo, tenía apostadas cinco mil libras a que el proyecto tendría éxito.

A los siete días de la partida del señor Fogg, un hecho inesperado acabó absolutamente con la ya mermada credibilidad del caballero.

En el despacho del director de la policía se recibía el siguiente telegrama:

Suez a Londres

Rowan, director policía, administración central, Scotland Yard.

Persigo ladrón de Banco, Phileas Fogg. Envíen sin demora orden de detención a Bombay.

Fix, detective.

El efecto de aquel telegrama fue inmediato. Phileas Fogg, el honorable caballero miembro del Reform-Club, dejaba paso a un ladrón. Se recordó entonces lo misteriosa que era su existencia, su aislamiento, su inesperada marcha. Pareció evidente que aquel personaje, con el pretexto de un viaje alrededor del mundo, no tenía otra idea que la de despistar a la policía inglesa.

El miércoles nueve de octubre se esperaba en Suez la llegada del buque *Mongolia* . Este barco hacía regularmente la travesía de Brindisi a Bombay por el canal de Suez.

Dos hombres esperaban en el muelle. Uno de ellos era el cónsul del Reino Unido. El otro era un hombrecillo delgado, nervioso, de rostro inteligente y mirada viva. En esos momentos manifestaba su impaciencia visiblemente, iba y venía sin parar.

Aquel hombre se llamaba Fix. Era uno de los detectives que habían sido enviados a diferentes puertos tras el robo cometido en el Banco de Inglaterra. Fix tenía la misión de vigilar la ruta de Suez y seguir al viajero que le pareciera sospechoso.

—Me pregunto cómo va a poder reconocer, con los datos que ha recibido, a su hombre —dijo el cónsul.

—Señor cónsul —respondió Fix—, a esa clase de personas, más que reconocerlas, se las huele. Es un asunto de olfato. He detenido en mi vida a más de uno de esos caballeros. Si mi ladrón se encuentra a bordo, no se me escapará.

—Señor Fix, le deseo que tenga un gran éxito. Pero, con la descripción que usted tiene, ¿no cree que el ladrón puede confundirse con cualquier hombre honrado?

—Los grandes ladrones siempre parecen gente honrada. De ahí, la dificultad de este trabajo, que no es una profesión, sino un arte.

El muelle se iba animando. Marineros, comerciantes, mozos... iban afluyendo. La llegada del buque parecía inminente.

—¡Cuánto tarda este barco! —exclamó Fix.

—Ya no puede estar lejos —respondió el cónsul.

—¿Cuánto tiempo permanecerá aquí? Y luego, ¿va directamente de Suez a Bombay? —preguntaba nervioso Fix.

—Estará cuatro horas para cargar carbón. Después va directamente a Bombay, sin escalas.

—Si el ladrón ha tomado esta ruta y este barco, desembarcará en Suez para ir a posesiones holandesas o francesas. No querrá ir a la India, donde podría ser detenido. Es territorio inglés —dijo Fix.

—Como usted sabe, señor Fix, un criminal inglés siempre estará mejor escondido en Londres que en el extranjero.

Aquellas palabras dieron qué pensar al detective. Dicho esto, el cónsul se retiró a su oficina, que se encontraba cerca de allí.

Poco después, el *Mongolia* atracaba en el puerto. La mayor parte de los viajeros desembarcó. Otros permanecieron en cubierta contemplando la ciudad.

Fix examinaba escrupulosamente a todos los que bajaron a tierra. Uno de estos viajeros, con el pasaporte en la mano, se acercó al detective y le preguntó por las oficinas del cónsul inglés.

Fix cogió el pasaporte, lo miró y comprobó emocionado que la descripción que en él constaba era idéntica a la que había recibido del director de la policía.

—Este pasaporte no es suyo —dijo Fix al pasajero.

—No, es de mi señor. Se ha quedado a bordo.

—Para visar el pasaporte es necesario que su señor se presente en persona en el consulado para comprobar su identidad.

Passepartout fue inmediatamente en busca del señor Fogg. Por su parte, Fix se dirigió a las oficinas consulares.

—Señor cónsul, creo que tengo a mi hombre. Va a venir a sellar su pasaporte. Espero que no se lo vise.

—Si el pasaporte está en regla, no puedo negarle el visado.

—Pero, señor, debo retener a ese hombre aquí hasta que me llegue de Londres la orden de detención.

—Eso es asunto suyo, señor Fix. Yo no puedo...

En ese mismo momento se abrió la puerta del despacho del cónsul y entraron dos hombres, que presentaron sus pasaportes para ser visados.

—Señor Phileas Fogg, vienen desde Londres, ¿a dónde se dirigen? —preguntó el cónsul con los pasaportes en la mano.

—A Bombay.

—¿Sabe usted que ya no es necesario visar el pasaporte?

—Lo sé, señor —respondió el caballero—, pero deseo que quede constancia de mi paso por Suez.

El cónsul firmó, selló y fechó el pasaporte. A continuación, los dos viajeros abandonaron el despacho.

—¿Qué le parece? —preguntó Fix al cónsul.

—Me parece que tiene el aire de un hombre honrado.

—Posiblemente. Pero sus rasgos coinciden con la descripción que he recibido del ladrón.

—Bien. Pero, como usted sabe, las descripciones...

EL SEÑOR FOGG Y SU CRIADO TOMARON EL TREN HACIA DOVER.

¡ME HE OLVIDADO DE APAGAR EL FAROL!

PAGARÁ USTED LA CUENTA DEL GAS, MUCHACHO.

TODOS LOS PERIÓDICOS DIERON LA NOTICIA DEL VIAJE DEL CABALLERO.

Phileas Fogg

SE HICIERON APUESTAS A FAVOR Y EN CONTRA.

¡ESE VIAJE ES UNA LOCURA!

¡LO CONSEGUIRÁ!

MIENTRAS TANTO, FOGG Y PASSEPARTOUT LLEGABAN A SUEZ...

ES MI HOMBRE. LO SEGUIRÉ HASTA DETENERLO.

EL DETECTIVE FIX ENVIÓ UN TELEGRAMA A LONDRES. SOLICITABA DETENER A PHILEAS FOGG COMO AUTOR DEL ROBO AL BANCO DE INGLATERRA.

PARECE UN HOMBRE HONRADO.

PERO LA DESCRIPCIÓN COINCIDE CON LA DEL LADRÓN.

CAPÍTULO CUATRO

Tras los pasos de Phileas Fogg

P hileas Fogg embarcó en el *Mongolia* tras su breve estancia en tierra. Ya en su camarote, tomó su cuaderno de notas e inscribió aquel nueve de octubre como fecha de llegada a Suez. Esa fecha no le daba ni ventaja ni retraso alguno. Coincidía con lo previsto.

El metódico caballero iba anotando en su cuaderno las fechas de todo su itinerario. Así, en cualquier momento podría saber si iba retrasado o adelantado sobre el calendario previsto.

Hecho esto, Phileas Fogg pidió que le sirvieran el almuerzo. No se le pasó por la mente la idea de visitar la ciudad.

Passepartout, mientras tanto, paseaba por el muelle mirando todo con curiosidad. No tardó mucho Fix en reunirse con él. Se saludaron amablemente y comenzaron a charlar tranquilamente.

—Estamos en Suez, en Egipto, en África —decía Passepartout—. Vamos con tanta prisa que me parece que viajo en sueños.

—¿Tanta prisa tienen? —preguntó Fix.

—Yo, no; pero mi señor, sí. Por cierto, he de ir a comprar ropa. Hemos salido sin equipaje.

—Le llevaré a un bazar en el que encontrará todo lo que busca.

—Es usted muy amable. Se lo agradezco —dijo Passepartout—. No puedo perder ese barco.

—Tiene usted tiempo, hombre. No son todavía las doce.

—¿Las doce? Son las nueve y cincuenta y dos minutos en mi reloj, un verdadero cronómetro, herencia de mi bisabuelo.

—Ya sé lo que le pasa —dijo Fix—. Conserva usted la hora de Londres, que lleva dos horas de retraso con Suez. Tendrá que ponerlo en hora en cada país.

—¿Yo? ¡Eso, nunca! —exclamó Passepartout.

—Usted verá. ¿Así es que han salido precipitadamente de Londres? —preguntó Fix, que quería dar un giro a la conversación.

—Efectivamente. El señor regresó de su club con la intención de dar la vuelta al mundo.

—¿La vuelta al mundo? —preguntó sorprendido Fix.

—Sí, ¡y en ochenta días! Me dijo que era una apuesta. Entre nosotros, yo no lo creo. Es una locura. Debe haber otra razón.

—¿Es rico el señor Fogg? ¿Hace mucho que lo conoce?

—Oh, empecé a trabajar para él el mismo día de nuestra partida. Sí, es muy rico. Viaja con una bonita suma en billetes nuevecitos.

Es fácil imaginar el efecto que iban produciendo aquellas respuestas en el ánimo sobreexcitado del policía. Estaba completamente seguro de que Phileas era el hombre buscaba.

Abstraído como estaba Fix, ni se enteró del problema que le contaba Passepartout en relación con el farol de gas que se había dejado encendido en Londres. Llegaron, mientras tanto, al bazar y Fix dejó a su compañero haciendo las compras.

Fix volvió a toda prisa a la oficina del cónsul. Había recuperado toda su sangre fría.

—Es mi hombre, señor cónsul. Se hace pasar por un excéntrico que intenta dar la vuelta al mundo.

—¿Está seguro de no equivocarse? ¿Qué piensa usted hacer? —preguntó el cónsul.

—Enviaré un telegrama a Londres para que me manden a Bombay la orden de detención. Embarcaré en el *Mongolia* y seguiré al ladrón hasta la India, donde lo detendré.

Fix se dirigió a la oficina de telégrafos. Desde allí puso el telegrama al director de la policía. Ése era precisamente el telegrama que había causado aquel enorme revuelo en Londres.

Poco después, Fix, con un ligero equipaje, subió a bordo del *Mongolia*, rumbo a Bombay.

Pero, ¿qué hacía Phileas Fogg en aquel barco? Se podría pensar que estaría inquieto por los cambios de viento o por cualquier avería de la maquinaria que pudiera poner en peligro su viaje; pues en absoluto era así. El señor Fogg continuaba siendo el hombre impasible de siempre, el imperturbable miembro del Reform-Club. Y, además, jugaba al *whist*. Había encontrado compañeros de juego: un recaudador de impuestos, el reverendo Décimus Smith y un brigadier del ejército inglés que iba a reincorporarse en Benarés.

Por su parte, Passepartout se sentía feliz. Iba conociendo mundo. Comía bien y estaba alojado en un buen camarote. Además tenía la convicción de que aquella fantasía acabaría en Bombay.

Al día siguiente de la salida de Suez, Passepartout encontró en cubierta al detective Fix. Los dos se saludaron amablemente y conversaron un buen rato. Los encuentros entre Fix y Passepartout fueron frecuentes. Al policía le interesaba tener buenas relaciones con el sirviente del señor Fogg. Pensaba que podía serle útil. Le invitó a menudo en el bar del *Mongolia* a tomar algunas copas. El buen muchacho aceptaba de buen grado y le correspondía, agradecido, con otras invitaciones.

El barco avanzaba con rapidez. El día trece avistaron la célebre ciudad de Moka. El día catorce, el *Mongolia* realizó una escala en Steamer-Point, en la rada de Adén, para abastecerse de carbón. El señor Fogg y su criado desembarcaron. El caballero quería visar su pasaporte. Cumplida esta formalidad, Phileas Fogg volvió a bordo. Passepartout, en cambio, aprovechó para pasear por la ciudad. "Qué curioso es todo esto. Hay que viajar para conocer cosas nuevas", se decía el muchacho cuando volvía al barco.

El *Mongolia* salió puntualmente de la rada de Adén. El estado de la mar le era favorable. La travesía, así, se efectuó en las mejores condiciones. El domingo veinte de octubre, a las cuatro y media de la tarde, el barco atracaba en los muelles de Bombay. Tenía prevista la llegada el día veintidós. Así pues, Phileas Fogg había ganado dos días, que fueron anotados en su cuaderno.

Los viajeros desembarcaron y el señor Fogg se despidió de sus compañeros de juego. El caballero debía tomar un tren hacia Calcuta, pero no salía hasta las ocho; así que pidió a su criado que realizara algunas compras, recomendándole que estuviera en la estación antes de las ocho.

Phileas Fogg se dirigió a las oficinas para visar su pasaporte. Tampoco tenía intención de conocer ninguna de las maravillas de Bombay. Volvió a la estación y cenó allí con toda tranquilidad.

Fix, tras desembarcar, se entrevistó con el director de policía de Bombay: tampoco habían recibido la orden de detención.

Fix estaba desconcertado; pero decidió no perder de vista al ladrón. Confiaba en que el señor Fogg no abandonara Bombay.

Mientras tanto, tras realizar las compras, Passepartout paseaba por las calles de la ciudad en medio de una gran muchedumbre. Todo lo que veía le causaba asombro, le resultaba fascinante.

Se dirigía a la estación cuando, al pasar por la pagoda de Malebar-Hill, tuvo la desgraciada idea de visitar su interior.

El muchacho ignoraba dos cosas: que en algunas pagodas hindúes está prohibida la entrada a los cristianos y que los propios creyentes no pueden entrar sin dejar los zapatos en la puerta.

Estaba admirando el templo cuando, de repente, fue derribado por tres enfurecidos sacerdotes que le golpearon y le quitaron los zapatos y los calcetines. Passepartout consiguió librarse de los agresores y emprender la huida.

A las ocho menos cinco, sin sombrero, sin zapatos y sin los paquetes de las compras, el criado llegó a la estación.

—Espero que no vuelva a ocurrirle —dijo el señor Fogg.

Subieron al tren. Passepartout no había visto a Fix. Pero Fix había oído el relato de su aventura.

El detective estaba dispuesto a viajar en ese mismo tren hasta Calcuta. Pero, tras oír la narración de aquellos hechos, cambió sus planes. "Me quedo. Un delito cometido en territorio hindú... Tengo a mi hombre", se dijo Fix.

PHILEAS FOGG EMBARCÓ EN EL MONGOLIA. PASSEPARTOUT SE QUEDÓ EN EL MUELLE.

ESTO ES SUEZ... CON LAS PRISAS, PARECE QUE VIAJO EN SUEÑOS.

¿TANTA PRISA TIENE?

YO NO. ES MI SEÑOR. QUIERE DAR LA VUELTA AL MUNDO EN OCHENTA DÍAS.

¡AH!

FIX DECIDIÓ, ENTONCES, EMBARCARSE EN EL MONGOLIA, RUMBO A BOMBAY.

YA EN BOMBAY, PASSEPARTOUT FUE A HACER ALGUNAS COMPRAS.

ENTRARÉ A VER ESTA PAGODA.

COMO NO SE HABÍA DESCALZADO, UNOS SACERDOTES LE ATACARON.

PASSEPARTOUT CONTÓ AL SEÑOR LO QUE LE HABÍA OCURRIDO.

¡QUE NO VUELVA A SUCEDER!

¡HAN COMETIDO UN DELITO EN TERRITORIO HINDÚ! ¡TENGO A MI HOMBRE!

Un elefante a un precio fabuloso

El tren había salido puntual de Bombay. Passepartout viajaba en el mismo compartimento que el señor Fogg. Un tercer viajero les acompañaba. Se trataba de sir Francis Cromarty, que se dirigía a Benarés a reunirse con sus tropas y había sido compañero de juego de Fogg durante la travesía de Suez a Bombay.

Sir Francis Cromarty vivía en la India desde su juventud y había vuelto a Inglaterra en contadas ocasiones. Conocía el proyecto de viaje del señor Fogg, así como las condiciones en las que lo realizaba. El brigadier consideraba todo aquello una excentricidad sin utilidad alguna; pero la cuestión le intrigaba.

De vez en cuando, sir Francis y Phileas Fogg intercambiaban algunas palabras. En un momento, el brigadier dijo:

—Hace unos años hubiera sufrido aquí un buen retraso, porque el ferrocarril se interrumpía al pie de estas montañas y había que ir en palanquín o a caballo hasta la estación, que está en la vertiente opuesta.

—Ese retraso no hubiese afectado a mi viaje, que prevé la posibilidad de cualquier obstáculo —respondió Phileas Fogg.

—¿Sabe que se podría haber visto en una difícil situación por la aventura de ese muchacho? El gobierno inglés es muy severo con esos delitos porque desea que las costumbres religiosas hindúes se respeten a toda costa. Si lo hubiesen detenido...

—Pues bien, sir Francis, si lo hubiesen detenido, él habría tenido que cumplir la condena y después, habría regresado a Europa. No veo en qué hubiera afectado a mis planes.

Passepartout iba profundamente dormido, con los pies envueltos en su manta de viaje, ajeno a esta conversación en la que era el centro de atención.

El tren seguía su marcha. Recorría inmensas extensiones de terreno y atravesaba velozmente junglas y bosques. Por la mañana, el convoy se detuvo en una estación y Passepartout pudo conseguir unas babuchas, adornadas con falsas perlas, para calzar sus desnudos pies.

En Passepartout se había producido un significativo cambio de actitud. Había comenzado a tomar en serio los proyectos de su amo, creía ya en la apuesta sobre esa vuelta al mundo en aquel tiempo. Se manifestaba ya en él la inquietud por los posibles retrasos o por los accidentes que pudieran sobrevenir.

La mañana del veintidós de octubre, sir Francis preguntó qué hora era. El criado respondió que eran las tres de la madrugada. Su reloj seguía con la hora de Londres. Llevaba un retraso de cuatro horas. Sir Francis trató de hacer comprender al muchacho que, dado que iban hacia el este, hacia el sol, los días se acortaban cuatro minutos por cada grado de la esfera que recorriesen. Debía ajustar, por tanto, su reloj, como le había dicho Fix. Fue inútil.

A las ocho de la mañana, el tren se detuvo. Passepartout bajó a la vía y volvió gritando:

—Señor, el ferrocarril termina aquí.

El señor Fogg y sir Francis fueron a pedir una explicación al revisor. Éste les dijo que forzosamente habían de detenerse, ya que el ferrocarril no estaba acabado.

—¡Pero los periódicos han anunciado la apertura completa de la línea! —dijo acaloradamente sir Francis.

—Pues los periódicos se han equivocado. Falta el tendido desde aquí hasta Allabahad, donde continúa la vía —dijo el revisor.

Sir Francis estaba furioso y Passepartout habría golpeado de buena gana al revisor. No se atrevía ni a mirar a su amo.

—Sir Francis, si le parece bien, vamos a buscar el medio de llegar a Allahabad —dijo tranquilamente Phileas Fogg.

—Señor Fogg, este retraso perjudicará seriamente su viaje.

—No. Esto estaba previsto.

—¿Cómo? ¿Acaso sabía usted lo de la vía?

—No, en absoluto. Pero sí sabía que, tarde o temprano, surgiría algún problema. Hasta ahora llevo dos días de adelanto. El día veinticinco sale un barco desde Calcuta a Hong Kong. Hoy es veintidós. Llegaremos a tiempo.

Fogg y sir Francis buscaron un vehículo por toda la aldea, pero no encontraron nada. Passepartout se reunió con ellos.

—Iré a pie —dijo Phileas Fogg.

—Señor, creo que he encontrado un medio de transporte.

—¿Cuál?

—El elefante de un indio que vive a cien pasos de aquí.

—Vamos a ver ese elefante —respondió el señor Fogg.

Hallaron al hindú, que tenía en la corraliza un gran animal a medio domesticar. Lo estaba adiestrando con el objeto de convertirlo en un elefante de combate para el circo.

Kiuni, que así se llamaba el elefante, era capaz de mantener una rápida marcha durante largo tiempo. Fogg ofreció a su dueño diez libras por hora de alquiler. El hindú rehusó. La negativa se mantuvo ante las veinte y cuarenta libras de las ofertas posteriores. Phileas Fogg propuso, entonces, al hindú comprarle el animal. El dueño se negó también a venderlo. Hasta que finalmente aceptó por la escalofriante suma de dos mil libras.

Hecho el trato faltaba encontrar el guía. Eso fue más fácil. Un joven, de aspecto inteligente, ofreció sus servicios. A continuación compraron algunos víveres. Todo estaba ya dispuesto para el viaje.

El señor Fogg ofreció a sir Francis transportarle hasta Allabahad y éste aceptó. Cada uno de ellos se instaló en uno de los asientos que pendían de los costados del elefante y Passepartout iba a horcajadas sobre el lomo, entre ambos caballeros.

El guía abandonó el trazado de la vía y se adentró por bosques y selvas para reducir la distancia que debían recorrer. Los pasajeros aguantaban sin rechistar los duros traqueteos a los que les sometía la veloz marcha del elefante.

Llegó la noche. Habían recorrido, aproximadamente, la mitad del trayecto. Cenaron junto al fuego y luego durmieron.

Durante la noche, los rugidos de los guepardos y panteras perturbaron a veces el silencio de la selva. Pero sin que se produjera ningún ataque.

Emprendieron la marcha y entraron en un frondoso bosque. El guía escuchó un murmullo. Saltó a tierra, ató el elefante a un árbol y avanzó entre la espesura para averiguar qué pasaba.

—Es una procesión de sacerdotes. Evitemos que nos vean.

El guía ocultó el elefante entre el follaje. Muy pronto pudieron distinguir la curiosa ceremonia religiosa: en primera línea iban los sacerdotes, seguidos de hombres, mujeres y niños que entonaban una fúnebre canción; detrás de ellos, sobre un carro, iba una horrible estatua que tenía cuatro brazos, ojos feroces y extraviados, pelo enmarañado, collar de calaveras al cuello y cinturón de manos cortadas ceñido al talle.

—¡Es Kali! —dijo sir Francis— ¡La diosa del amor y de la muerte!

Junto a la estatua, unos faquires se agitaban y convulsionaban. Tras ellos, unos sacerdotes arrastraban a una mujer que apenas podía sostenerse en pie; era joven y muy guapa, iba vestida con una rica túnica y cargada de joyas. Detrás de ella, unos guardias transportaban el cadáver de un anciano.

—Esa mujer que acaba de ver, señor Fogg —dijo sir Francis—, será quemada viva voluntariamente. Su marido, un príncipe, ha muerto. Ella, según la tradición, ha de morir con él...

—El sacrificio no es realmente voluntario —dijo el guía—. Ella va embriagada por humo de opio para que no oponga resistencia y, al alba, será sacrificada en la pagoda de Pillaji.

—¿Y si salváramos a esa mujer? Puedo consagrar a esto las doce horas que me quedan de adelanto —dijo el señor Fogg.

Todos, incluido el guía, aceptaron la audaz propuesta.

—¡Es usted un hombre de corazón! —exclamó sir Francis.

—A veces —respondió Phileas Fogg—, cuando tengo tiempo.

EN EL COMPARTIMENTO DEL TREN, VIAJABA SIR FRANCIS CROMARTY.

ESE CHICO PODRÍA HABERLE METIDO EN UN BUEN LÍO.

PERO NO HUBIERA AFECTADO A MIS PLANES.

EL TREN SE DETUVO DE FORMA IMPREVISTA.

¡SEÑOR, EL FERROCARRIL ACABA AQUÍ!

TUVIERON QUE BUSCAR LA FORMA DE LLEGAR HASTA LA ESTACIÓN EN LA QUE CONTINUABA LA VÍA.

SEÑOR, CREO QUE HE ENCONTRADO UN MEDIO: ¡UN ELEFANTE!

SE LO COMPRO POR DOS MIL LIBRAS.

UN GUÍA LES LLEVÓ POR BOSQUES Y SELVAS Y...

ES UNA PROCESIÓN. ¡MAÑANA QUEMARÁN VIVA A ESA JOVEN VIUDA!

LLEVO DOCE HORAS DE ADELANTO... ¡SALVAREMOS A ESA MUJER!

Passepartout, un héroe ingenioso

Phileas Fogg había decidido arriesgar el éxito de su empresa; pero no vaciló. En sir Francis Cromarty encontró un auxiliar decidido. Passepartout estaba dispuesto a todo y, además, empezaba a querer a su amo.

El bravo guía, resuelto también a colaborar, dio algunos detalles sobre la víctima: era hindú, célebre por su belleza e hija de ricos comerciantes de Bombay. Había recibido una educación totalmente inglesa y se llamaba Aouda. Cuando quedó huérfana, se vio casada contra su voluntad con un viejo rajá, el anciano príncipe al que llevaban muerto sobre el palanquín. Aouda enviudó a los tres meses y se escapó. Sabía la suerte que la esperaba. Pero fue capturada por los parientes del rajá, interesados en su muerte.

Este relato no hizo más que reforzar en Fogg y sus compañeros la resolución que ya tenían tomada. Se dirigieron hacia la pagoda Pillaji y se ocultaron a cierta distancia.

Esperaron el anochecer y, en medio de la oscuridad, comenzaron a aproximarse al templo, donde se hallaba presa la joven. Al acercarse vieron, a la luz de las antorchas, a los guardias del rajá, bien armados, vigilando la entrada de la pagoda. En el interior suponían que se hallarían los sacerdotes y el resto de las personas que iban en la procesión. Así era imposible intentar nada. Esperaron hasta la media noche. Pero la situación no cambió. Decidieron entonces penetrar en la pagoda por su parte trasera; tal vez podrían encontrar en sus muros alguna abertura por la que introducirse. Sigilosamente llegaron hasta el templo y comenzaron a practicar con sus navajas un agujero en los ladrillos. Era bastante fácil y esperaban que la vigilancia no fuera tan intensa como en la puerta. El trabajo progresaba; de repente oyeron un grito en el interior del templo y tuvieron que ocultarse entre los árboles. Desgraciadamente, unos guardias se instalaron en la parte trasera de la pagoda. No había nada qué hacer.

—Tendremos que abandonar —dijo en voz baja sir Francis.

—Sí, debemos irnos —dijo el guía.

—Señores, me basta con estar mañana en Allahabad antes del mediodía —dijo Phileas Fogg.

—Pero, ¿qué espera usted? —respondió sir Francis— Dentro de unas horas habrá salido el sol y ya...

—Tal vez surja una nueva oportunidad —contestó Fogg.

El guía los condujo hasta el lugar en el que habían estado vigilando, antes de acercarse a los muros de la pagoda. Passepartout, encaramado en la rama baja de un árbol, rumiaba una idea que había pasado por su mente. "¡Qué locura!", pensó primero. Pero le daba vueltas una y otra vez. "¿Por qué no? Es una posibilidad. Quizá la única...", pensaba. Y acabó deslizándose, como una serpiente, hacia el suelo.

Pasaron las horas y empezó a amanecer. Comenzaron de nuevo los cantos y el son de los tambores. Se abrieron las puertas de la pagoda y vieron salir a la joven, conducida por dos sacerdotes.

Fogg y sus compañeros se acercaron todo lo que pudieron hasta la pira donde yacía el cuerpo del rajá. Poco después, la joven era colocada junto al cadáver de su esposo. Una antorcha encendida prendió inmediatamente la leña de la pira.

En ese momento, Phileas Fogg se lanzó, dispuesto a todo, hacia el altar en el que se iba a realizar el cruel sacrificio. Sir Francis y el guía se vieron obligados a retener al caballero. Cuando éste había logrado zafarse de ellos, se produjo un inesperado cambio de escena. Se escuchó un grito de terror. La muchedumbre, espantada, se lanzó al suelo.

El anciano rajá no estaba muerto. Se había puesto de pie, había tomado a la joven en brazos y había descendido de la pira. Soldados, faquires y sacerdotes, de bruces contra el suelo, presos del terror, no osaban levantar los ojos para contemplar el prodigio.

Con la víctima en sus brazos, el resucitado se acercó al lugar en el que estaban Fogg, sir Francis y el guía, y les dijo brevemente:

—¡Huyamos al bosque!

¡Era Passepartout! Era Passepartout quien se había deslizado hasta la pira, había librado a la joven de una muerte segura y había corrido en medio del espanto general, desempeñando su papel con una gran audacia.

El elefante los alejó de allí en rápido trote. Pero los gritos y una bala que atravesó el sombrero de Fogg les anunciaron que la artimaña había sido descubierta. Los guardias perseguían a los raptores, aunque éstos estaban ya fuera de su alcance.

El éxito de la temeraria acción hacía reír a Passepartout una hora después. Sir Francis había estrechado la mano del muchacho. Phileas Fogg le había dicho: "Bien". Esa palabra, en boca de aquel caballero, equivalía a una calurosa felicitación. La respuesta de Passepartout fue que el triunfo de aquella aventura correspondía a su amo, ya que sólo él había insistido en la necesidad de salvar a la muchacha.

El elefante corría velozmente por el bosque. Se detuvieron a descansar un rato y dieron a la joven, que seguía inconsciente, un poco de agua para reanimarla, sin que le causara efecto alguno.

Sir Francis conocía bien las consecuencias de la inhalación del opio y no estaba preocupado por el estado de la joven. Sin embargo, y así se lo comunicó al señor Fogg, si la señora Aouda permanecía en la India, tarde o temprano caería en manos de sus verdugos. Sólo estaría segura fuera de aquel país.

Phileas Fogg respondió que lo tendría en cuenta y tomaría alguna decisión al respecto.

Hacia las diez de la mañana llegaron a Allahabad, donde se reanudaba la vía férrea que les llevaría hasta Calcuta y allí tomarían el barco hacia Hong Kong. Tenían tiempo suficiente.

Dejaron a la joven en la estación. Passepartout fue a comprarle ropa y objetos de tocador. Cuando el criado regresó, Aouda empezaba a recobrarse lentamente y sus hermosos ojos iban adquiriendo brillo y una gran dulzura.

Faltaba poco para que saliera el tren. El señor Fogg fue a pagar al guía y le pagó estrictamente la cantidad estipulada, ante la sorpresa de Passepartout. El guía había arriesgado su vida y el peligro no habría acabado para él si alguien llegaba a enterarse.

—Has hecho un gran trabajo y te he pagado ese servicio. Pero no he pagado tu abnegación —dijo Fogg al guía—. El elefante es tuyo.

—Señor —exclamó—, ¡es una fortuna lo que me da!

—Acéptalo y, aun así, estaré en deuda contigo.

Instantes más tarde, el señor Fogg, sir Francis y Passepartout, iban instalados en un cómodo compartimento del tren. El mejor lugar lo ocupaba Aouda. Durante el trayecto hacia Benarés, la joven recobró la consciencia.

Sir Francis fue el encargado de contarle todo lo sucedido. Insistió en la decisión de Phileas Fogg y en la imaginación de Passepartout.

Aouda expresó el más sincero agradecimiento a sus salvadores. Sus hermosos ojos manifestaron, más que sus palabras, la gran gratitud que sentía. Pero también sintió un escalofrío de terror al pensar lo que todavía la esperaba.

Phileas Fogg intuyó lo que estaba pensando la joven y la tranquilizó ofreciéndole llevarla hasta Hong Kong. Aouda aceptó la oferta. Precisamente, allí vivía un pariente al que podría recurrir.

En Benarés, Cromarty se despidió y bajó del tren.

A las siete de la mañana llegaron a Calcuta. El barco con destino a Hong Kong salía al mediodía. Quedaban aún cinco horas.

Según su itinerario, Fogg debía llegar a la capital de la India el veinticinco de octubre, veintitrés días después de su salida de Londres. Su llegada se producía en la fecha prevista, sin retrasos ni adelantos. Los dos días que llevaba ganados, los había perdido. Pero cabe suponer que Phileas Fogg no lo lamentaba.

SE DIRIGIERON A LA PAGODA DE PILLAJI, QUE ESTABA FUERTEMENTE VIGILADA.

IREMOS POR LA PARTE TRASERA.

PERO HABÍA SOLDADOS POR TODAS PARTES.

¡SE ME ESTÁ OCURRIENDO UNA LOCURA!

DEBEMOS MARCHARNOS.

Y AL AMANECER...

EL RAJÁ PARECIÓ HABER RESUCITADO Y SOSTENÍA EN SUS BRAZOS A LA JOVEN...

¡HUYAMOS!

LLEGARON A TIEMPO A LA ESTACIÓN PARA TOMAR EL TREN HACIA CALCUTA.

ACEPTA EL ELEFANTE COMO PAGO A TU ABNEGACIÓN.

SEÑOR, ME REGALA UNA FORTUNA.

LA JOVEN, POR FIN, RECOBRÓ LA CONSCIENCIA, Y LE CONTARON TODO LO OCURRIDO.

GRACIAS.

LA LLEVARÉ HASTA HONG KONG.

CAPÍTULO SIETE

Un considerable desembolso

Una vez que habían llegado a Calcuta, la intención de Phileas Fogg era dirigirse al puerto e instalarse tranquilamente en el barco. El señor Fogg, Aouda y Passepartout salían de la estación cuando se les acercó un hombre que se identificó como policía.

—¿Es usted Phileas Fogg?

—Sí, soy yo.

—¿Este hombre es su criado?

—Sí.

—Síganme los dos, por favor.

—¿Puede acompañarnos la joven? —preguntó Phileas Fogg.

—No hay inconveniente.

El policía los condujo hasta un coche de caballos. El señor Fogg no hizo ningún gesto de sorpresa ni pidió ninguna explicación durante el trayecto. Poco después, el coche se detuvo ante un edificio de apariencia sencilla y el policía los acompañó a una habitación de ventanas enrejadas.

—A las ocho y media comparecerán ante el juez Obadiah.

El policía se retiró y cerró la puerta. Inmediatamente, Aouda se dirigió al señor Fogg:

—Debe abandonarme, señor. Le persiguen por haberme salvado.

Phileas Fogg se limitó a responder que aquello era imposible. ¿Cómo iban a presentarse sus verdugos ante un juez? Debía haber un error. En cualquier caso, la llevaría hasta Hong Kong.

—Pero el barco sale a las doce —dijo Passepartout.

—Antes de esa hora estaremos a bordo —respondió el impasible caballero.

A las ocho y media, el mismo policía condujo a los prisioneros a la sala de audiencias. Los tres se sentaron en un banco, frente al juez y el escribano.

—La primera causa —dijo el juez.

—¿Phileas Fogg? —dijo el escribano.

—Sí, señor —respondió el señor Fogg.

—¿Passepartout?

—¡Presente! —respondió Passepartout.

—Bien —dijo el juez—. Desde hace dos días, señores acusados, se les lleva esperando en los trenes procedentes de Bombay.

—Pero ¿de qué se nos acusa? —preguntó Passepartout.

—Ahora lo sabrán —contestó el juez.

—Señor juez —dijo Fogg—, soy un ciudadano inglés y tengo derecho...

—¿Se le ha faltado al respeto? —preguntó el juez Obadiah.

—En absoluto —contestó el señor Fogg.

—Bien. Hagan entrar a los querellantes.

Se abrió una puerta y entraron tres sacerdotes hindúes. El escribano leyó, entonces, el acta en la que se acusaba al señor Fogg y a Passepartout de haber profanado un lugar sagrado.

"Así que éstos son los canallas que querían quemar a la joven Aouda", se dijo Passepartout.

—¿Lo ha oído usted? —preguntó el juez a Phileas Fogg.

—Sí, señor. Lo confesamos —dijo Fogg consultando su reloj—. Y espero que estos tres sacerdotes confiesen a su vez lo que se proponían hacer en la pagoda de Pillaji.

—¡Eso, que confiesen! —dijo impetuosamente Passepartout—. ¡Que confiesen que se proponían quemar a su víctima en Pillaji!

La estupefacción de los sacerdotes no podía ser mayor y el juez Obadiah no salía de su asombro.

—¿Qué víctima? ¿A quién iban a quemar en Bombay? —preguntó el juez.

—¿Bombay? —preguntó Passepartout.

—Sí. La pagoda de Malebar-Hill, en Bombay.

—Y, como prueba, aquí están los zapatos del profanador —dijo el escribano mientras depositaba un par de zapatos sobre su mesa.

—¡Mis zapatos! —exclamó Passepartout.

Es fácil imaginar la confusión de los acusados. Los dos habían olvidado el incidente de la pagoda de Bombay.

Si Passepartout no hubiera estado tan preocupado, habría visto en la sala a Fix, que aún no había recibido la orden de detención contra Fogg y pretendía retenerlo en Calcuta. El detective, cuando oyó el relato del muchacho, comprendió el partido que le podía sacar y aconsejó a los sacerdotes que se querellaran.

Así podrían obtener una considerable indemnización, dado que el gobierno inglés era muy severo con ese tipo de delitos.

—¿Admiten los hechos? —preguntó el juez tras el malentendido.

—Los admitimos —respondió fríamente Phileas Fogg.

—Considerando que la ley inglesa protege por igual y con rigor todas las religiones profesadas en la India, se condena al señor Passepartout a quince días de prisión y a una multa de trescientas libras. El señor Phileas Fogg, responsable de los actos de una persona que tiene a su servicio, queda condenado a ocho días de prisión y a ciento cincuenta libras de multa.

Fix, desde su rincón, experimentó un gran alivio al oír aquella sentencia. Ocho días era tiempo más que suficiente para recibir la ansiada orden de arresto.

—Ofrezco fianza —propuso al juez el señor Fogg.

—Está en su derecho —contestó el juez—. La fianza queda fijada en mil libras para cada uno de ustedes.

Fix, que había sentido un escalofrío al oír a Fogg, se tranquilizó al escuchar la cantidad impuesta por el juez. ¡Dos mil libras!

—Las pago —dijo el caballero depositando el dinero en la mesa.

—Quedan libres bajo fianza —sentenció el juez.

—Vamos —dijo Fogg a Passepartout.

—Al menos, ¡que me devuelvan mis zapatos! ¡Cuesta cada uno mil libras! ¡Y, encima, me hacen daño! —dijo Passepartout.

Passepartout siguió, avergonzado, al señor Fogg, que ofreció su brazo a la joven Aouda. Tomaron un coche y se dirigieron al muelle, donde embarcaron en el *Rangoon*.

Fix, que los seguía y abrigaba la esperanza de que el caballero no tomara el barco para no perder la fianza, comprobó que todos sus planes se venían abajo. Nada parecía detener al ladrón. Si seguía derrochando así, la policía recuperaría sólo una pequeña parte del dinero robado. Además, el porcentaje ofrecido a la policía como prima iba menguando de forma alarmante. El *Rangoon,* buque que los llevaría hasta Hong Kong, era tan rápido como el *Mongolia,* pero no tan cómodo. Por esa razón, Phileas Fogg no pudo instalar a Aouda tan bien como él hubiera deseado; pero la joven se mostraba poco exigente y, además, la travesía no era larga.

Durante el crucero, Aouda pudo ir conociendo mejor al señor Fogg. En todo momento le testimoniaba su reconocimiento. El caballero la escuchaba, se preocupaba de que no le faltara de nada y la acompañaba en sus paseos; pero todo lo hacía con una gran frialdad, sin que nada denunciara en él ni la más ligera emoción. Aouda se sentía desconcertada, aun cuando estaba advertida por Passepartout de la excéntrica personalidad de su amo. También estaba informada de la curiosa apuesta que los llevaba a dar la vuelta al mundo, lo que provocó una alegre sonrisa en la joven.

Aouda confirmó al señor Fogg el relato que el guía hindú les había hecho. Confiaba que su primo de Hong Kong le ofreciera la ayuda que necesitaba, aunque no podía estar segura. Phileas Fogg tranquilizaba a la joven diciéndole que no se preocupara, que todo se arreglaría matemáticamente. Ella fijaba sus preciosos ojos en los del hermético Fogg, pero éste no parecía darse por aludido.

Entre conversación y conversación, la travesía del *Rangoon* transcurría en unas excelentes condiciones, con un tiempo muy apacible.

Fix, incansable

Fix no había tenido más remedio que embarcar también en el *Rangoon* para no perder de vista a su hombre. Previamente comunicó que la orden de detención le fuera enviada a Hong Kong. Éste era el último territorio inglés incluido en el itinerario del señor Fogg. Si no podía detener al ladrón en Hong Kong, se le escaparía irremisiblemente. Más allá haría falta la orden de detención y el acta de extradición; lo que complicaba sobremanera la operación.

El detective había decidido ocultarse de Passepartout. Le habría sido difícil explicar al muchacho su presencia en el *Rangoon*. Iba encerrado en su camarote, dispuesto a no salir de allí mientras durara la travesía: pero la presencia de aquella joven en compañía del señor Fogg lo intrigaba. ¿Y si se trataba de un rapto? Pensó que esto le abría nuevas posibilidades. Si era un secuestro, el señor Fogg podría ser detenido en Hong Kong bajo ese cargo. De nada le serviría pagar una fianza.

Debía confirmar sus sospechas. Una vez confirmadas, advertiría a las autoridades inglesas para que esperaran al señor Fogg en el muelle y no tuviera escapatoria.

Fix se propuso, entonces, interrogar a Passepartout y abandonó ese mismo día su camarote. Subió a cubierta sabiendo que no tardaría en encontrarse al muchacho.

—¡Usted en el *Rangoon* ! —gritó el detective.

—¡Señor Fix! ¿Es que está usted dando también la vuelta al mundo? —preguntó asombrado Passepartout.

—No, no. Espero detenerme en Hong Kong.

—¿Cómo es que no nos hemos visto hasta ahora, señor Fix?

—He estado sin salir de mi camarote... El mareo. ¿Cómo está el señor Fogg.

—Perfectamente. ¿Sabe que viaja con nosotros una señora?

—¿Una señora? —disimuló perfectamente el señor Fix.

Passepartout puso al corriente en seguida al detective de todo lo sucedido. Fix exageraba sus exclamaciones de sorpresa.

—¿Y tiene su amo la intención de llevar a esa dama a Europa?

—No, señor Fix. La dejaremos con un pariente en Hong Kong.

"No hay nada qué hacer", pensó el detective. Y se llevó al muchacho a tomar algo al bar.

Desde aquel día, Passepartout y Fix se vieron con frecuencia; pero el detective ya no intentó sonsacarle más información.

A Passepartout le había dado qué pensar la coincidencia con el señor Fix. Era muy extraño aquel curioso azar que ponía al amable y complaciente caballero de nuevo en el camino de su amo. "¿Quién sería?", se preguntaba Passepartout. Y dándole vueltas y más vueltas, halló una plausible explicación.

En efecto, no podía ser más que un espía lanzado tras las huellas del señor Fogg por sus colegas del Reform-Club, con el fin de comprobar que el viaje discurría alrededor del mundo y según el itinerario convenido.

Passepartout, encantado con su descubrimiento, resolvió no decir nada al señor Fogg para no ofenderle con la desconfianza que hacia él demostraban sus compañeros. En cambio, decidió burlarse del señor Fix en la primera ocasión que se le presentara.

El día treinta y uno de octubre a las cuatro de la mañana, con media jornada de anticipación, el *Rangoon* recaló en Singapur para abastecerse de carbón.

Phileas Fogg anotó aquel adelanto en su cuaderno y, en aquella ocasión, bajó a tierra para acompañar a Aouda a dar un paseo. Fix los siguió sin que ellos se dieran cuenta.

A las once de la mañana, el barco zarpaba de Singapur. Pocas horas después, el tiempo, muy bueno hasta entonces, cambió. Hubo una fuerte marejada. El viento arreció, aunque en una dirección que favorecía la marcha del barco; no obstante, hubo que adoptar grandes precauciones y se redujo la velocidad.

La pérdida de tiempo parecía no afectar a Phileas Fogg, quien seguía sin inmutarse. En cambio, Passepartout estaba irritadísimo y culpaba al capitán, al maquinista y a la compañía del retraso.

—¿Tanta prisa tiene usted por llegar a Hong Kong? —preguntó el detective a Passepartout.

—Una prisa terrible.

—¿Cree usted ahora en este singular viaje alrededor del mundo?

—Absolutamente. ¿Y usted, señor Fix?

—¿Yo? No.

—Es usted un bromista —dijo Passepartout guiñándole un ojo.

Esa respuesta dejó pensativo al detective. ¿Habría descubierto algo aquel muchacho? Era dudoso. Sin embargo, había una segunda intención en las palabras que había pronunciado.

Otro día, Passepartout llegó incluso más lejos, lo que dejó absolutamente perplejo al detective.

—Señor Fix —dijo con tono malicioso—, cuando lleguemos a Hong Kong, ¿tendremos la desgracia de separarnos allí?

—Pues no sé... —contestó Fix desconcertado—. Tal vez...

—Me sentiría muy dichoso de que nos acompañara. Dígame, señor Fix, ¿su oficio le da mucho dinero?

—Sí y no —dijo sin pestañear—. Hay negocios buenos y malos. Pero, claro, yo no viajo a mis expensas.

—¡Oh! ¡De eso estoy seguro! —dijo carcajeándose Passepartout.

Fix volvió a su camarote. Era evidente que el muchacho lo había descubierto. ¿Sabría algo su amo? ¿Era Passepartout cómplice del robo? ¿Podía considerar fracasada su misión? El detective decidió que sería franco con Passepartout. O él era cómplice de Phileas Fogg y éste sabía ya todo, con lo que el caso se presentaba mal; o bien, nada tenía que ver con el robo y el chico estaría interesado en abandonar al ladrón a su suerte.

Durante los últimos días de la travesía, el tiempo fue pésimo, las tormentas se sucedían y la borrasca encrespaba con fuerza las olas; como consecuencia, la velocidad del barco disminuyó notablemente. Si la tormenta no amainaba, llegarían a Hong Kong con veinticuatro horas de retraso o incluso más.

Phileas Fogg, como siempre, se mostraba imperturbable. En cambio, Passepartout se desvivía en su desasosiego. Una y otra vez preguntaba al capitán, a los oficiales y a los marineros por el fin de la tormenta. Por el contrario, esa tempestad llenaba a Fix de satisfacción; todo retraso era acogido por él con verdadero placer.

Al fin, el estado de la mar se modificó en la jornada del cuatro de noviembre, el viento se tornó favorable y llegaron a Hong Kong el día seis a las cinco de la mañana. El retraso era de veinticuatro horas, lo que suponía perder el barco de enlace a Yokohama.

Pero por suerte, el barco hacia Yokohama no había partido el día previsto, una de sus calderas estaba averiada y la reparación había retrasado su salida hasta la mañana siguiente. El azar se había mostrado especialmente propicio en esta ocasión para Fogg.

Phileas Fogg, de este modo, disponía de dieciséis horas para ocuparse de buscar al pariente de Aouda en Hong Kong. Dejó a la joven en un hotel y se dirigió a la Bolsa. Sin duda, un famoso comerciante, como lo era el primo de la joven, sería bien conocido en este lugar. Allí, en efecto, lo conocían y dijeron a Fogg que el honorable comerciante, hecha su fortuna, se había instalado en Europa, probablemente en Holanda.

El señor Fogg volvió al hotel e informó a la joven. Ésta se pasó la mano por la frente y preguntó con dulzura:

—¿Qué debo hacer, señor Fogg?

—Muy sencillo. Venir a Europa con nosotros.

—Pero no puedo abusar...

—No abusa. Su compañía no altera mi programa. Passepartout, vaya al *Carnatic* y reserve tres camarotes.

Passepartout, encantado de continuar el viaje con la joven, se dirigió al puerto para sacar los billetes.

FIX SE EMBARCÓ HACIA HONG KONG PARA SEGUIR A FOGG.

DEBO DETENERLE EN HONG KONG. SI SALE DE TERRITORIO INGLÉS, YA NO PODRÉ HACERLO.

EL DETECTIVE DECIDIÓ OBTENER INFORMACIÓN SOBRE LA JOVEN QUE LOS ACOMPAÑABA. PODRÍA TRATARSE DE UN RAPTO. PASSEPARTOUT LE CONTÓ LO SUCEDIDO.

NO ES LO QUE YO IMAGINABA.

A PASSEPARTOUT LE EXTRAÑÓ ENCONTRARSE A FIX RUMBO A HONG KONG.

¡CLARO! ES UN ESPÍA DE LOS CABALLEROS DEL REFORM-CLUB. ME BURLARÉ DE ÉL.

UNA FUERTE TORMENTA RETRASÓ LA LLEGADA DEL BARCO A HONG KONG. PERO...

EL BARCO HACIA YOKOHAMA SALDRÁ MAÑANA. ESTÁ AVERIADO.

EN HONG KONG, EL SEÑOR FOGG BUSCÓ AL PARIENTE DE AOUDA, PERO ÉSTE SE HABÍA IDO A VIVIR A EUROPA.

¿QUÉ DEBO HACER?

VENIR A EUROPA CON NOSOTROS.

PASSEPARTOUT FUE MUY CONTENTO A RESERVAR TRES CAMAROTES EN EL *CARNATIC*. LE GUSTABA SEGUIR EN COMPAÑÍA DE LA JOVEN.

La lealtad de Passepartout

Passepartout aprovechó, según su costumbre, para pasear un rato por las calles de Hong Kong. Después, entró en una barbería. Una vez afeitado, se dirigió al muelle de embarque del *Carnatic* y allí encontró a Fix, paseando de un lado para otro; su rostro mostraba claros signos de contrariedad.

El detective tenía razones para sentirse así. Tampoco estaba en Hong Kong la ansiada orden de detención. Hong Kong era el último reducto inglés del itinerario. El señor Fogg se escaparía definitivamente si, de alguna manera, no lograba retenerlo allí unos días.

"¡Vaya! ¡Parece que no van muy bien las cosas para los caballeros del Reform-Club!", pensó Passepartout. Y se acercó a Fix con una alegre sonrisa, aparentando que no se daba cuenta de su estado de ánimo.

—¿Ha decidido ya venirse con nosotros a América?

—Sí —respondió Fix, apretando los dientes.

—Ya sabía yo que usted no nos abandonaría. Vamos a reservar los pasajes —dijo Passepartout en medio de una carcajada.

Los dos entraron en la oficina y reservaron los camarotes. El empleado les comunicó entonces que, reparada la avería, el barco zarparía esa misma tarde a las ocho y no al día siguiente de madrugada, como se había anunciado.

—¡Magnífico! —exclamó el muchacho—. Esto le encantará a mi señor. Voy a avisarle.

Fix decidió, en ese preciso instante, utilizar su último recurso: hablaría con Passepartout; le contaría todo, era el único medio que le quedaba para intentar retener a Phileas Fogg en Hong Kong.

El detective invitó a su compañero a tomar una copa, Passepartout tenía tiempo suficiente y aceptó la invitación.

Entraron en una taberna de aspecto acogedor que había en el mismo muelle; se trataba de una amplia sala bien decorada, que tenía al fondo un lecho con cojines, sobre aquel camastro había varios hombres dormidos, otros ocupaban las mesas mientras bebían y fumaban en unas largas pipas; de vez en cuando, algún fumador caía al suelo y los camareros lo arrastraban hacia el lecho.

Fix y Passepartout se dieron cuenta de que habían entrado en un fumadero de opio, frecuentado por aquellos miserables. Aun así, el detective pidió una botella de vino, a la que el muchacho hizo los debidos honores.

Cuando acabaron el vino, Passepartout decidió irse para avisar a su amo de la salida anticipada del *Carnatic*. Pero Fix lo retuvo.

—Un instante. Tengo que hablar con usted de cosas muy serias.

—Hablaremos mañana, señor Fix. Hoy ya no tengo tiempo.

—Se trata de su amo —dijo Fix mientras pedía otra botella.

Al oír aquellas palabras, Passepartout miró a su interlocutor y encontró una curiosa expresión en su rostro. Se sentó.

—¿Ha adivinado usted quién soy?

—¡Pardiez! —exclamó Passepartout sonriendo.

—Entonces, voy a contarle a usted todo.

—Es un poco tarde. Lo sé todo. Pero, en fin, comience. Antes déjeme decirle que sus amigos están tirando el dinero inútilmente.

—¿Inútilmente dice? ¡Se ve que no conoce la suma!

—¡Claro que sí! —respondió Passepartout—. ¡Veinte mil libras!

—Cincuenta y cinco mil —dijo Fix al tiempo que apretaba la mano del muchacho.

—¿Cómo? Pues bien, razón de más para no perder un instante.

Passepartout se puso de pie inmediatamente. Fix le sirvió otro vaso de vino y lo forzó a sentarse de nuevo.

—¿Me ayudaría usted a retener al señor Fogg unos días a cambio de quinientas libras?

—¿Cómo? ¡Esos caballeros no sólo desconfían de mi amo, sino que quieren ahora ponerle obstáculos! ¡Es vergonzoso! —decía Passepartout, animado por el vino que Fix no paraba de servirle—. ¡Y eso lo hacen quienes dicen ser unos honorables miembros del Reform-Club!

—Pero, ¿quién se imagina usted que soy yo? —preguntó Fix, que empezaba a no entender nada.

—Un agente de los miembros del Reform-Club, que tiene como misión controlar el itinerario del señor Fogg. ¡Es humillante!

—¿Lo sabe él? —preguntó Fix con un gran interés.

—Él no sabe nada —dijo el muchacho vaciando su vaso.

—Escúcheme bien. Soy inspector de policía. Un individuo, cuya descripción coincide con la de su amo, fue quien cometió el robo de cincuenta y cinco mil libras en el Banco de Inglaterra. Su apuesta no es más que un pretexto para huir y lo ha embaucado a usted.

—¡Se equivoca! —dijo Passepartout dando un puñetazo en la mesa—. ¡El señor Fogg es el hombre más honrado del mundo!

—¿Qué sabe usted? No lo conoce. Entró a su servicio el mismo día en que se marcharon precipitadamente. ¡Hasta sin maletas!

Passepartout apoyó la cabeza entre sus manos. No creía en la culpabilidad de su señor. ¡Phileas Fogg un ladrón! ¡El salvador de Aouda, el hombre bueno y generoso!

—¿Qué desea usted de mí? —preguntó por fin al policía.

—Que me ayude a retenerle hasta recibir la orden de arresto.

—¡Jamás! —respondió Passepartout, que se levantó y volvió a caer en su silla—. Aunque fuera verdad lo que usted dice y que yo niego, estoy al servicio del señor Fogg. Nunca lo traicionaré.

—Está bien. Olvídelo. Bebamos —dijo Fix.

Passepartout estaba cada vez más ebrio. Fix pensó que tenía que separarlo de Fogg a toda costa. Así, hizo que aspirara vapores de opio de una pipa. El pobre Passepartout cayó sin sentido.

Fix pagó la cuenta y se marchó. "El señor Fogg no se enterará a tiempo de la salida del *Carnatic*", se dijo el detective.

Mientras esto sucedía, el señor Fogg acompañaba a Aouda a comprar todo lo que necesitaría para el viaje. La joven se sentía confusa ante tanta generosidad, pero el caballero logró vencer sus objeciones. Después volvieron al hotel, cenaron y se retiraron a descansar a sus aposentos.

A la mañana siguiente, el señor Fogg llamó en vano a su criado. Le dijeron que no había vuelto al hotel por la noche. Fogg cogió su bolso de viaje, avisó a Aouda y mandó que le enviaran un coche. Poco después llegaron al muelle de embarque. Allí, Fogg se enteró de que el *Carnatic* había zarpado por la noche.

Ningún signo de contrariedad apareció en el rostro de Fogg y, como Aouda le miró con inquietud, se limitó a decir:

—Es sólo un contratiempo, señora. Nada más.

—Perdón, caballero, ¿no es usted uno de los pasajeros del *Rangoon*? Yo también llegué ayer en ese barco —dijo Fix mientras se acercaba a Fogg y a la dama.

—Sí, pero no tengo el honor... —dijo Fogg fríamente.

—Perdóneme, conozco a su sirviente. Esperaba encontrarlo aquí.

—Desde ayer no lo hemos visto. ¿Habrá embarcado sin nosotros en el *Carnatic*? —preguntó Aouda.

—¿Sin ustedes, señora? ¿Acaso pensaban tomar ese barco?

—Sí, señor.

—Yo también, señora. Estoy verdaderamente contrariado. Ha zarpado antes de lo previsto, sin avisar, y ahora habrá que esperar ocho días hasta la salida del próximo barco.

Al pronunciar esas palabras, "ocho días", Fix sintió que su corazón saltaba de alegría. Era un tiempo más que suficiente para recibir la orden de detención. Por fin, la suerte jugaba a su favor.

Fue para él como un jarro de agua fría cuando oyó decir a Phileas Fogg, con voz absolutamente tranquila:

—Pero hay más barcos en el puerto de Hong Kong.

YA EN HONG KONG, PASSEPARTOUT ENCONTRÓ A FIX MUY CONTRARIADO EN EL MUELLE DE EMBARQUE.

¡TAMPOCO AQUÍ LO DETENDRÉ!

¿HA DECIDIDO VENIR A AMÉRICA CON NOSOTROS?

LOS DOS FUERON A RESERVAR LOS CAMAROTES EN EL *CARNATIC*.

EL BARCO SALDRÁ HOY. YA ESTÁ REPARADO.

¡BIEN! ESTO LE GUSTARÁ AL SEÑOR FOGG.

LE INVITO A UNA COPA. TENEMOS TIEMPO.

DE ACUERDO.

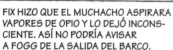

FIX HIZO QUE EL MUCHACHO ASPIRARA VAPORES DE OPIO Y LO DEJÓ INCONSCIENTE. ASÍ NO PODRÍA AVISAR A FOGG DE LA SALIDA DEL BARCO.

SOY POLICÍA. FOGG ES EL LADRÓN DEL BANCO DE INGLATERRA.

MI SEÑOR ES HONRADO.

A LA MAÑANA SIGUIENTE, PASSEPARTOUT HABÍA DESAPARECIDO Y, ADEMÁS...

¡EL BARCO HA ZARPADO!

PERO HAY MÁS BARCOS EN EL PUERTO.

CAPÍTULO DIEZ

Viaje sin Passepartout

P hileas Fogg no estaba dispuesto a abandonar su proyecto por el primer obstáculo que se interpusiera en su camino. Así, llevando del brazo a Aouda, se dirigió hacia los muelles en busca de un barco que los llevara hasta Japón.

Fix, asombrado por el empeño del caballero, los seguía. Phileas Fogg recorrió el puerto en todas direcciones durante tres horas. Estaba dispuesto, si era preciso, a fletar un barco para llegar a Yokohama, de donde saldría para San Francisco. Pero todas las embarcaciones que vio, realizaban tareas de carga y descarga. Ninguna se disponía a partir.

A pesar de todo, Fogg proseguía su búsqueda. De pronto, fue abordado por un marino.

—Señor, ¿busca un barco?

—¿Tiene usted un barco listo para zarpar?

—Sí, señor. ¿Quiere verlo?

—¿Navega bien?

—Sí. Muy bien. Le gustará. ¿Es para dar un paseo?

—No. Es para un viaje. ¿Me llevaría usted a Yokohama?

—¿Está usted bromeando? —preguntó extrañado el marino.

—No. He perdido el *Carnatic* y debo estar el día catorce, como muy tarde, en Yokohama para salir hacia San Francisco.

—Lo siento —respondió el marino—. Pero es imposible.

—Le ofrezco cien libras diarias, más una prima de doscientas si llegamos a tiempo.

—¿Habla en serio, señor?

—Absolutamente en serio —respondió Phileas Fogg.

El marino se alejó y estuvo unos momentos mirando el mar.

—¿No tendrá usted miedo, señora? —preguntó Fogg.

—Junto a usted no tengo miedo a nada —respondió la joven.

Poco después, el marino volvió junto a ellos y dijo:

—Señor, no puedo poner en peligro a mis hombres, a ustedes y a mí mismo. Es una travesía muy larga y peligrosa en esta época. Además, mi barco no podría cubrir esa distancia en ese tiempo.

Parecía que la suerte no iba a sonreír a Fogg en esta ocasión. Fix suspiró aliviado. Por un momento tuvo dudas de que el caballero no consiguiera sus propósitos.

—Señor, tal vez exista una forma —añadió el marino—. Yendo a Shangai.

—Pero es que debo embarcarme en Yokohama y no en Shangai o Nagasaki. Tengo que tomar el barco que va a San Francisco.

—Ese barco hace escala en Yokohama y Nagasaki, pero su puerto de partida es Shangai.

—¿Está usted seguro?

—Segurísimo. Ese barco saldrá el día once a las siete de la tarde del puerto de Shangai.

—¿Cuándo podría usted zarpar?

—En una hora. Lo justo para aprovisionarnos de víveres.

—De acuerdo. ¿Es usted el patrón del barco?

—Sí, soy John Bunsby, patrón de la *Tankadère* .

El señor Fogg dio al patrón del barco una cantidad a cuenta y ofreció a Fix llevarle hasta Shangai. Éste aceptó sin dudarlo.

—Pero ese pobre muchacho... —dijo Aouda, a quien le preocupaba la desaparición de Passepartout.

—Haré lo único que puedo hacer —contestó Fogg.

Y se dirigió con la joven a las oficinas de la policía. Allí dio la descripción del muchacho y dejó una suma de dinero, suficiente para la repatriación. Hizo lo mismo en el consulado francés.

A las tres de la tarde, la *Tankadère* estaba dispuesta para zarpar. Era una preciosa goleta, parecía un barco de regatas y, de hecho, había ganado varios premios en competiciones. La tripulación estaba compuesta por el patrón y cuatro hombres más, todos ellos, marinos audaces. John Bunsby era un hombre enérgico y vigoroso, muy seguro, que inspiraba una gran confianza.

Phileas Fogg y Aouda subieron a bordo. Fix ya estaba allí. Descendieron a los pequeños camarotes.

—Siento no poder ofrecerle nada mejor —dijo Fogg a Fix.

El detective se sentía humillado por la amabilidad de Phileas Fogg y por beneficiarse de su generosidad. "Es un bandido muy cortés, pero un bandido", se decía Fix para sus adentros.

Fogg y Aouda salieron a mirar por última vez al muelle con la esperanza de ver aparecer a Passepartout. Fix se hallaba inquieto por si el azar llevaba al pobre muchacho hasta allí, lo que hubiera provocado una situación verdaderamente embarazosa para él.

La *Tankadère* se hizo a la mar y en aquella primera jornada se comportó admirablemente en todas sus maniobras.

—Patrón —dijo Fogg cuando entraron en mar abierto—, no creo necesario recomendarle la mayor diligencia.

—Confíe en mí, señor.

—Así lo haré. Éste es su oficio.

Fix, en la proa, meditaba. Se mantenía apartado. Le repugnaba lo que estaba haciendo. Pero había decidido seguir a Fogg hasta el final; conseguiría la extradición y lo detendría. Era su deber.

Phileas Fogg no dejaba de pensar en la extraña desaparición de Passepartout. Era posible que, a causa de un melentendido, se hubiera embarcado en el *Carnatic,* ésa era también la opinión de Aouda, que echaba mucho de menos al muchacho, al fiel sirviente al que tanto debía. Seguro que lo encontrarían en Yokohama.

La goleta iba a gran velocidad sin alejarse mucho de la costa. Si el viento se mantenía favorable, se conseguiría el objetivo.

El día nueve, el patrón examinó el cielo durante bastante tiempo.

—Señor, ¿puedo hablarle con claridad?

—Por supuesto —respondió Fogg.

—Vamos a tener un buen vendaval.

John Bunsby tomó todas las precauciones posibles. La lluvia y el viento comenzaron a azotar con fuerza la embarcación, la *Tankadère* fue levantada como una pluma por el viento, unas olas monstruosas la elevaban a gran altura, montañas de agua estuvieron a punto de sepultarla en multitud de ocasiones. Sólo las hábiles maniobras del timonel evitaron la catástrofe. La tempestad siguió arreciando, no se cruzaron con ningún navío; en medio del oleaje, sólo la *Tankadère* se atrevía a desafiar al mar.

Por fin, la tormenta amainó. Su corta duración se debió a su misma violencia. Los pasajeros, destrozados, pudieron comer algo y descansar un rato, la goleta logró alcanzar una considerable velocidad; mas, poco a poco, el viento fue disminuyendo. Aún quedaban seis horas para que saliera el barco de Shangai; a bordo, reinaba la mayor inquietud, querían llegar a toda costa, pero ahora, sólo soplaba una suave brisa.

A las siete estaban todavía a tres millas del puerto. Fue entonces cuando vieron una columna de humo, procedía de la chimenea del barco americano que salía de Shangai a la hora reglamentaria.

—¡Las señales! —dijo Fogg con gran tranquilidad.

El pequeño cañón de proa, que servía para hacer señales en medio de las espesas nieblas, fue cargado. Cuando el patrón iba a disparar, Phileas Fogg dijo:

—¡Bandera a media asta!

Era la señal de socorro. Cabía esperar que, al verla, el barco americano modificaría su rumbo y se aproximaría a la goleta.

—¡Fuego! —ordenó Phileas Fogg.

Y la detonación del pequeño cañón sacudió el aire.

FOGG RECORRIÓ DURANTE HORAS EL PUERTO DE HONG KONG.

¿BUSCA UN BARCO?

SÍ. NECESITO IR A YOKOHAMA PARA TOMAR EL BARCO HACIA SAN FRANCISCO.

EL MARINO DIJO A FOGG QUE SU BARCO NO PODRÍA LLEGAR HASTA YOKOHAMA. EN CAMBIO...

¡PUEDO LLEVARLE HASTA SHANGAI! DE ALLÍ SALE EL BARCO A SAN FRANCISCO.

ADELANTE.

FOGG OFRECIÓ A FIX LLEVARLE A SHANGAI. PASSEPARTOUT SEGUÍA SIN APARECER. LA *TANKADÈRE* PARTIÓ DE HONG KONG.

AL PRINCIPIO DE LA TRAVESÍA, EL TIEMPO FUE BUENO. PERO DESPUÉS...

VAMOS A TENER UN BUEN VENDAVAL.

TRAS UNA FUERTE TEMPESTAD, EL VIENTO DISMINUYÓ. CUANDO QUEDABA POCO PARA LLEGAR A SHANGAI...

¡ES EL BARCO HACIA SAN FRANCISCO!

ENTONCES, EL SEÑOR FOGG DIO UNAS ÓRDENES MUY PRECISAS.

¡BANDERA A MEDIA ASTA! ¡DISPAREN EL CAÑÓN!

CAPÍTULO ONCE

Passepartout, solo y sin dinero

E l *Carnatic* había salido de Hong Kong el siete de noviembre por la tarde. Iba a todo vapor hacia tierras japonesas, con un gran número de pasajeros a bordo; sólo dos camarotes de popa iban desocupados. Los dos reservados por Phileas Fogg.

Instantes después de que Fix abandonara el fumadero, dos camareros habían arrastrado a Passepartout hasta el lecho. Horas más tarde, obsesionado hasta en sueños por una idea fija, se levantó y a rastras logró llegar hasta el *Carnatic*, a punto de partir.

Al día siguiente, bien entrada la mañana, el joven se despertó. La brisa fresca lo despejó. Comenzó a ordenar sus ideas. "El señor Fogg un ladrón. ¡Vamos, hombre!", pensaba. "Lo más urgente era ir a pedir excusas por su conducta. Al menos, no había perdido el barco y eso era lo principal", continuaba cavilando el muchacho.

Buscó al señor Fogg y a la señora Aouda por todo el barco, sin encontrarlos. Preguntó en la recepción. ¡Ni rastro de ellos! De pronto, lo recordó todo. La hora de salida se había adelantado y él no avisó al señor Fogg. ¡Había arruinado el proyecto de su amo! Abrumado, Passepartout no cesaba de culpabilizarse. Después recuperó su sangre fría y estudió la situación; era poco envidiable, no llevaba ni una moneda en sus bolsillos y se hallaba en ruta hacia Japón. ¿Cómo podría volver? De momento, mientras durara la travesía, tenía la comida pagada y podría reflexionar.

El día trece por la mañana, el *Carnatic* atracó en Yokohama. El muchacho, sin ningún entusiasmo, desembarcó y se aventuró por las calles de la ciudad. No podía hacer otra cosa.

Deambuló entre la multitud durante horas y horas; paseó por el campo y admiró la vegetación. Al atardecer vio unas violetas. "Bien, ahí tengo mi cena", se dijo. Y se zampó un buen ramillete.

Al día siguiente, agotado y hambriento, Passepartout se propuso comer a toda costa y cuanto antes; le quedaba el recurso de vender su reloj, pero prefería morirse de hambre antes de hacerlo; se le ocurrió que podía ganarse unas monedas cantando, conocía algunas canciones francesas e inglesas y resolvió intertarlo. Pero aún era temprano, así que pensó en esperar unas horas.

Mientras caminaba, pensó que quizá iba demasiado bien vestido para ser un artista ambulante y determinó cambiar sus ropas por otras más acordes con su posición; aquel cambio le proporcionaría, además, algún beneficio con el que saciar su apetito.

Tras una larga búsqueda, Passepartout dio con un chamarilero al que propuso el negocio. Al indígena le gustó el traje europeo y, al rato, el joven estaba ataviado con una vieja túnica japonesa y un turbante; además, algunas monedas de plata resonaban en sus bolsillos.

Lo primero que hizo, una vez "japonizado", fue entrar a comer. Luego se dispuso a buscar trabajo, pensó que podía ofrecerse como cocinero en algún barco que fuera a zarpar a América.

Se encaminó hacia el muelle; pero, a medida que se acercaba, le parecía que su proyecto era irrealizable. ¿Qué confianza iba a inspirar él vestido con aquellas ropas? De pronto, su mirada se detuvo en un inmenso cartel. El anuncio decía así:

COMPAÑÍA ACROBÁTICA JAPONESA
DEL HONORABLE WILLIAM BATULCAR

Últimas representaciones, antes de su salida para
los Estados Unidos, de los

NARIGUDOS-NARIGUDOS

¡Gran atracción!

"¡Los Estados Unidos! Justo donde yo quiero ir", se dijo el joven. Poco después se encontraba ante una gran barraca; era el establecimiento del honorable Batulcar, director de una compañía de acróbatas, saltimbanquis, equilibristas, payasos y gimnastas.

—¿Necesita un sirviente? —preguntó Passepartout a Batulcar.

—Tengo dos, obedientes y fieles; nunca me han abandonado y me sirven gratis —dijo Batulcar mostrando sus dos robustos brazos.

—¿No le sirvo para nada? Me vendría tan bien ir con ustedes...

—¡Vaya! Usted no es japonés. ¿Por qué se viste así?

—Uno se viste como puede.

—Eso es verdad. Parece usted fuerte. ¿Podría cantar cabeza abajo, con una peonza girando sobre la planta del pie izquierdo y un sable en equilibrio sobre la planta del pie derecho?

—¡Sabré! –aceptó animosamente el muchacho.

El contrato quedó cerrado. Passepartout prestaría el apoyo de sus sólidos hombros para el gran ejercicio del "racimo humano", ejecutado por los Narigudos, la gran atracción. Participaría con ellos también en la pirámide humana, que ofrecían como número final; en ella, los artistas de Batulcar sólo se apoyaban en sus narices, que eran unas larguísimas cañas de bambú.

Passepartout se puso la larga caña de bambú en la nariz y unas alas multicolores. Después ocupó su lugar, tendido en el suelo con la nariz apuntando al cielo, en la base de la pirámide. Una segunda sección de equilibristas se posó sobre los largos apéndices. Sobre ésta, una tercera y una cuarta, formando un monumento humano que se elevaba hasta el techo de la barraca.

El público aplaudía enfervorizado y la música de la orquesta sonaba de forma atronadora cuando, de repente, el monumento se desmoronó como un castillo de naipes.

—¡Señor Fogg! ¡Señor Fogg!

—¿Usted? ¡Al barco, muchacho!

Phileas Fogg, Aouda y Passepartout se precipitaron fuera de la barraca. Batulcar, furioso, reclamaba una indemnización por daños y perjuicios; Fogg apaciguó su ira con unos cuantos billetes.

Cuando el barco ya iba a zarpar, Fogg, Aouda y Passepartout, aún con sus alas y su nariz de bambú, subían a bordo.

Lo que había ocurrido cerca de Shangai es fácilmente imaginable. Las señales hechas desde la *Tankadère* fueron advertidas por el barco de Yokohama y el capitán se había dirigido hacia la goleta para prestar ayuda. Tras pagar a John Bunsby, Fogg, Aouda y Fix subieron a bordo.

Cuando llegaron a Yokohama, el día catorce a la hora prevista, Phileas Fogg se dirigió al *Carnatic*, donde fue informado de que Passepartout estaba allí desde el día anterior. El señor Fogg había ido a los consulados francés e inglés y había recorrido inútilmente las calles de la ciudad. El azar o, quizá, un presentimiento les había hecho entrar en la barraca de Batulcar; nunca lo hubieran reconocido así disfrazado. Pero Passepartout, desde el suelo, sí pudo ver entre el público al señor Fogg y a la señora Aouda.

Fue la joven quien había contado todos estos hechos al chico. Después le relató la peligrosa travesía de Hong Kong a Shangai, acompañados de un tal Fix, en la *Tankadère* .

Cuando Passepartout oyó el nombre de Fix, ni pestañeó, pensaba que no era el momento de contar al señor Fogg la verdad sobre lo ocurrido. En su relato, él se acusó y se excusó por lo sucedido en el fumadero de Hong Kong.

Phileas Fogg escuchó el relato, sin hacer ningún comentario. Se limitó a dar dinero a Passepartout para que pudiera comprarse a bordo ropas más adecuadas.

MIENTRAS TANTO, EN EL *CARNATIC*...

¡OH! DEBO IR A PEDIR EXCUSAS A MI SEÑOR.

PASSEPARTOUT BUSCÓ AL SEÑOR FOGG Y A AOUDA EN EL BARCO. PERO...

¡YA RECUERDO! NO AVISÉ AL SEÑOR DE QUE EL BARCO ZARPARÍA ANTES.

EL *CARNATIC* LLEGÓ A YOKOHAMA. PASSEPARTOUT, SIN DINERO, PASEÓ POR LA CIUDAD Y DECIDIÓ VENDER SU ROPA PARA PODER COMER.

CANTARÉ EN LA CALLE.

DE PRONTO VIO EL CARTEL DE UNA COMPAÑÍA ACROBÁTICA QUE, EN UNOS DÍAS, SALDRÍA PARA ESTADOS UNIDOS.

DE ACUERDO. PARTICIPARÁ EN EL NÚMERO DE LOS NARIGUDOS.

EN PLENO ESPECTÁCULO...

¡SEÑOR FOGG! ¡SEÑOR FOGG!

A BORDO DEL BARCO QUE LES LLEVABA A SAN FRANCISCO, PASSEPARTOUT NO CONTÓ NADA DE LO SUCEDIDO CON FIX. SÓLO PIDIÓ EXCUSAS.

CÓMPRESE OTRAS ROPAS.

CAPÍTULO DOCE

La travesía del Pacífico

El *General Grant*, barco que realizaba la travesía de Yokohama a San Francisco, emplearía veintiún días en atravesar el Pacífico. Phileas Fogg podía llegar a San Francisco el dos de diciembre; a Nueva York, el día once; y el veinte, a Londres. Se anticiparía, así, algunas horas a la fecha fatal del veintiuno de diciembre.

No se produjo, durante aquella travesía, ningún incidente; el océano Pacífico hizo honor a su nombre. El señor Fogg estaba tan tranquilo y tan poco comunicativo como de costumbre. Aouda se sentía cada vez más interesada en la empresa del caballero y, sin darse cuenta, iba abandonándose a unos sentimientos, diferentes a los del agradecimiento, y a los que el señor Fogg parecía permanecer ajeno. Passepartout sentía ahora una fe ciega hacia su amo y no le pasaban inadvertidas las emociones de la joven.

A los nueve días de haber salido de Yokohama, el señor Fogg había recorrido exactamente la mitad del globo terrestre. De los ochenta días había consumido ya cincuenta y dos. Pero a partir de ahora, el camino era ya recto, sin los rodeos forzosos anteriores.

El día veintitrés de noviembre, Passepartout sintió una gran alegría; empeñado en conservar la hora de Londres en su amado reloj, comprobó que los relojes de a bordo se hallaban de acuerdo con el suyo. "Estaba seguro de que el sol acabaría ajustándose a mi reloj. Me gustaría saber la opinión del pillo de Fix, que me contó esas historias sobre los meridianos", pensó satisfecho el muchacho. Ignoraba Passepartout que, si la esfera de su reloj hubiera estado dividida en veinticuatro horas, no habría tenido motivos para estar tan contento, pues a las nueve de la mañana en el *General Grant*, las agujas de su reloj hubieran marcado las nueve de la noche. Es decir, existía una diferencia de doce horas.

Pero, ¿dónde se encontraba Fix en aquellos momentos? Pues a bordo del *General Grant*, precisamente. El detective dejó a Fogg en Yokohama y se dirigió al consulado inglés; allí estuvo esperándole la orden de detención, que ya no le servía para nada. "Bien, lo seguiré hasta Inglaterra", decidió. Y embarcó en el *General Grant*.

Ya a bordo vio llegar al señor Fogg, a Aouda y a Passepartout. Se mantuvo oculto, hasta que un día se encontró cara a cara con el muchacho; éste, sin mediar palabra, se abalanzó sobre el detective y le propinó una soberbia paliza. Cuando acabó, Passepartout se sintió aliviado de un gran peso. Fix se levantó, en un estado lamentable, y dijo a su adversario:

—¿Ha terminado? Pues acompáñeme. Tenemos que hablar.

—¿Hablar yo con usted? —preguntó Passepartout.

—Es en interés del señor Fogg. Hasta ahora he sido su enemigo, pero en lo sucesivo voy a ayudarle.

—¡Ah! —exclamó Passepartout— ¿Por fin se ha dado cuenta usted de que es un hombre honrado?

—No. Lo sigo considerando un ladrón. Y mientras estaba en territorio inglés, hice todo lo que pude por retenerle: lancé contra él a los sacerdotes de Bombay y le emborraché a usted para hacerle perder aquel barco. Ahora, que parece que el señor Fogg regresa a su patria, yo intentaré apartar de él cualquier obstáculo. Mi interés y el suyo coinciden; all llegar a Inglaterra, usted podrá comprobar si está al servicio de un delincuente o de un hombre honrado. ¿Somos amigos? —acabó preguntando Fix al muchacho.

—Amigos, no. Aliados, pero con reservas. Al menor signo de traición, le retorceré el pescuezo —dijo muy serio Passepartout.

—De acuerdo —replicó tranquilamente el policía.

El tres de diciembre, el *General Grant* arribó a San Francisco. El señor Fogg llegaba sin haber perdido ni ganado un solo día.

Phileas Fogg, nada más desembarcar, se informó de la hora de salida del primer tren hacia Nueva York. Eran las siete de la mañana y el tren no salía hasta las seis de la tarde, tenían toda la jornada por delante para visitar la capital californiana.

Tomaron un coche de caballos y se dirigieron a un hotel; allí desayunaron espléndidamente y, a continuación, fueron a las oficinas del consulado inglés para visar el pasaporte. No habían andado más de doscientos metros cuando el señor Fogg se encontró con Fix. El detective manifestó una gran alegría y pidió permiso al caballero para acompañarlos en su visita a la ciudad.

Phileas Fogg respondió que se sentiría muy complacido e iniciaron el paseo por las calles de San Francisco. Pronto se encontraron en medio de una enorme muchedumbre. Había gente en todas las ventanas, en los tejados. Los gritos resonaban por todas partes. Banderas y pancartas flotaban al viento. Era un mitin.

—Haríamos bien en salir de aquí —dijo Fogg—. Es fácil recibir un puñetazo y, por muy político que sea, no deja de ser un puñetazo.

Con el fin de observar lo que ocurría sin ser arrollados, se instalaron en el último peldaño de una escalera. La marea humana acabó invadiendo la propia escalera; los partidarios de dos candidatos comenzaron a agredirse con bastones. Fix y Fogg, preocupados por proteger a Aouda, se desentendieron de su propia defensa. De repente, un energúmeno levantó su puño sobre Phileas Fogg. Fix se interpuso y recibió el golpe en su cabeza.

—¡Yanqui! —dijo Fogg con desprecio.

—¡Inglés! —respondió el otro en el mismo tono.

—Volveremos a vernos.

—Cuando quiera. ¿Su nombre?

—Phileas Fogg. ¿Y el suyo?

—Coronel Stamp W. Proctor.

Fix se levantó del suelo con su traje destrozado, pero sin heridas de consideración. Cuando se alejaron, Fogg dijo a Fix:

—Muchas gracias.

—No hay de qué —respodió Fix—. Pero acompáñenme.

—¿A dónde?

—A una tienda. Tenemos que comprar ropa nueva.

Convenientemente vestidos, regresaron al hotel. Allí esperaba Passepartout con unos revólveres porque había oído que eran frecuentes los ataques siux a los trenes. Aouda le contó el incidente del mitin. Era evidente que Fix ya no era un enemigo.

Cenaron y pidieron un coche para ir a la estación. Fogg preguntó a Fix que si había vuelto a ver al coronel Proctor.

—No, señor —respondió Fix.

—Volveré para encontrarle —dijo fríamente Phileas Fogg.

Subieron al tren que en sólo siete días los llevaría hasta Nueva York. Esto permitiría al señor Fogg tomar el barco hasta Liverpool el día once.

El tren no rodaba a gran velocidad y las paradas eran muy frecuentes; pero, a pesar de ello, podía cubrir la distancia del recorrido en el tiempo previsto. Passepartout, aunque iba al lado de Fix, no le hablaba, sus relaciones se habían enfriado.

Los viajeros ocupaban un coche cama y por la noche podían dormir con comodidad en sus lechos y aislados por unas tupidas cortinas.

Al día siguiente, después de comer, Fogg, Aouda, Passepartout y Fix iban admirando el paisaje cuando, de repente, la locomotora se detuvo. Una numerosa manada de búfalos interceptaba la vía. Aquel ejército de rumiantes avanzaba a paso tranquilo y emitía unos formidables bramidos.

Los pasajeros contemplaban aquel curioso espectáculo. El señor Fogg, como siempre, permanecía tranquilo; Passepartout, sin embargo, estaba furioso por el retraso y, de buena gana, hubiera descargado sus revólveres contra esa aglomeración de animales.

El desfile duró tres horas, y era ya de noche cuando el tren reanudó su marcha.

EN EL *GENERAL GRANT*, PASSEPARTOUT SE ENCONTRÓ A FIX...

ACOMPÁÑEME. TENEMOS QUE HABLAR.

A PARTIR DE AHORA, COLABORARÉ PARA QUE EL SEÑOR FOGG LLEGUE CUANTO ANTES A INGLATERRA.

SI NO ES ASÍ, LE RETORCERÉ EL PESCUEZO.

LLEGARON A SAN FRANCISCO. PHILEAS FOGG, AOUDA Y FIX RECORRIERON LA CIUDAD.

¡ES UN MITIN!

EMPEZÓ UNA PELEA CALLEJERA. UN ENERGÚMENO AGREDIÓ A FOGG. PERO FIX SE INTERPUSO.

SOY PHILEAS FOGG. VOLVEREMOS A VERNOS.

CUANDO QUIERA. SOY EL CORONEL PROCTOR.

TOMARON UN TREN QUE LES LLEVARÍA A NUEVA YORK EN SIETE DÍAS.

UN DÍA, EL TREN TUVO QUE DETENERSE DURANTE HORAS...

¡ES UNA MANADA DE BÚFALOS!

El territorio americano

El tren atravesó llanuras, cruzó numerosos ríos, dejó atrás montañas y valles, y realizó las paradas de rigor en múltiples estaciones. La nieve no cesaba de caer, aunque no parecía que pudiera entorpecer la marcha del tren; no obstante, el mal tiempo inquietaba a Passepartout, que temía que se produjesen retrasos en la llegada.

El siete de diciembre, el tren se detuvo en una estación y muchos viajeros descendieron al andén. Aouda observaba la escena cuando reconoció al coronel Proctor, el americano que se había comportado tan groseramente con Fogg en San Francisco.

Aouda comunicó su descubrimiento a Passepartout y a Fix. Si Fogg y el coronel se veían, las consecuencias podrían ser fatales.

—No tema, señora. Ese señor se las tendrá que ver conmigo.

—El señor Fogg no permitirá que nadie le vengue, señor Fix.

—Es cierto. Y un enfrentamiento entre ellos lo echaría todo a perder. Vencedor o vencido, el señor Fogg se retrasaría y...

—Y —encadenó Passepartout— eso favorecería a los caballeros del Reform-Club. Debemos impedir que se encuentren.

Los tres decidieron que la mejor forma de mantener al señor Fogg sin salir del vagón era jugar al *whist* con él. Y así lo hicieron.

Aouda y Fix se revelaron como magníficos jugadores, lo que agradó y entretuvo sobremanera a Phileas Fogg.

Acababan de reanudar la partida interrumpida por el almuerzo cuando oyeron unos silbidos de la locomotora y el tren se detuvo.

—Vaya a ver qué pasa— dijo Fogg a Passepartout.

Passepartout bajó del tren con otros viajeros, entre los que se hallaba el coronel Proctor. Una señal roja cerraba la vía.

El guardavías comunicaba en ese momento que el tren no podía continuar, ya que el puente que habían de cruzar estaba a punto de desmoronarse. Tendrían que caminar unas seis horas hasta llegar a la estación en la que serían recogidos por otro tren.

—¡Seis horas, a pie por la nieve! —exclamó enfurecido el coronel.

Se produjo un enorme alboroto. Ya Passepartout se disponía a comunicar a su señor el incidente cuando el maquinista dijo:

—Señores, quizá haya un medio de pasar. Si nos lanzamos a toda velocidad por el puente, podríamos atravesarlo.

Los pasajeros se sintieron seducidos por la idea y pronto comenzaron las discusiones sobre el porcentaje de posibilidades de éxito que tenía aquella aventura. A Passepartout le pareció muy arriesgada, aunque era el primer interesado en cruzar el puente. "Hay algo más sencillo que a nadie se le ha ocurrido", se dijo.

—Señores, me parece que sería más prudente...

—¿Prudente? —interrumpió al muchacho el coronel.

—Bueno... sería más lógico que...

—¡Lógico! ¿Tiene usted miedo? —dijo el coronel.

—¡Miedo yo! —exclamó Passepartout.

Y en ese momento, el maquinista dio la orden de volver al tren.

"De acuerdo. Pero sería más lógico que los viajeros cruzáramos a pie el puente y luego lo hiciera el tren", se decía Passepartout.

Nadie oyó esta prudente reflexión. Al volver al tren, nada dijo el joven a los jugadores, que seguían enfrascados en la partida.

La locomotora silbó con fuerza. El maquinista hizo retroceder al tren un buen trecho y emprendió la marcha hacia adelante con una progresiva aceleración que culminó en una tremenda velocidad. La velocidad neutralizaba la gravedad.

¡Y pasó! Fue como si el tren hubiera saltado de una orilla a otra. Apenas hubo pasado, el puente se desplomó con gran estrépito en el torrente del río.

El tren prosiguió su marcha sin más obstáculos. Faltaban aún cuatro noches y cuatro días hasta llegar a Nueva York. El señor Fogg y sus compañeros seguían jugando y ninguno se quejaba de la duración del viaje.

Aquella mañana, la suerte empezó favoreciendo a Fix; después cambió y benefició a Fogg. Éste se disponía a jugar cuando oyó:

—Yo jugaría diamantes.

Fix, Aouda y Fogg miraron. El coronel Proctor estaba ante ellos.

—Si juega picas, es que no sabe jugar —dijo irritado el coronel.

—Quizá sea yo más hábil en otro juego —dijo Fogg mientras se levantaba.

—Espero que lo demuestre.

Ni la intervención de Fix ni la de Aouda pudieron impedir lo que habían intentado evitar a toda costa durante varios días. Los dos caballeros se retaron en duelo y quedaron citados en la siguiente estación, donde el tren se detenía diez minutos.

En el instante en que los dos adversarios se disponían a bajar al andén, acompañados de sus testigos, el revisor se lo impidió; el tren llevaba demasiado retraso y debía ponerse en marcha de inmediato.

Los contendientes se dirigieron a la cola del tren. Abrirían fuego al primer silbido de la locomotora.

Estaban a la espera cuando oyeron un salvaje griterío y un fuerte tiroteo. El tren estaba siendo atacado por los siux.

El coronel y el señor Fogg, empuñando sus revólveres, se encaminaron con rapidez hacia la cabecera del tren.

Los siux disparaban con sus fusiles y los viajeros, casi todos armados, respondían con sus revólveres. Gran número de indios había invadido ya los vagones y saqueado los equipajes. Un jefe siux había intentado parar el tren, pero maniobró de forma errónea la palanca y la locomotora corría a todo vapor.

El revisor, que luchaba junto a Phileas Fogg, fue derribado de un balazo; el hombre explicó al caballero que debían detener el tren antes de llegar a la estación, donde había una guarnición de soldados. Si no lo lograban, los siux se impondrían sin remedio.

—Se detendrá —dijo Fogg dispuesto a salir del vagón.

—¡Quédese aquí! —gritó Passepartout— ¡Eso es asunto mío!

Fogg no pudo detener al valeroso muchacho, quien consiguió deslizarse bajo el vagón y, con gran destreza, desengancharlo de la locomotora. El tren fue perdiendo velocidad y se detuvo a unos cien metros de la estación. Los siux se habían dado ya a la fuga.

Cuando se hizo el recuento de viajeros, tres no aparecieron. Entre ellos estaba Passepartout.

Se ignoraba si los desaparecidos habían muerto en el combate o habían caído prisioneros de los siux.

Uno de los más graves era el coronel Proctor. Aouda y Fogg estaban sanos y salvos. Fix tenía una herida en un brazo.

El señor Fogg habló sobre los tres viajeros desaparecidos con el capitán de la guarnición. Éste se mostró reacio a salir en su busca.

—Iré yo solo —dijo fríamente Phileas Fogg.

—No tendrá que ir solo —dijo el capitán conmovido—. Es usted un valiente. Le acompañarán treinta de mis hombres.

Fogg dejó a Aouda con Fix en la estación y ofreció mil libras de recompensa a la tropa si salvaba a los prisioneros.

Pasadas unas horas, los viajeros vivieron la alegría de ver llegar una locomotora que se enganchaba al tren. El viaje se reanudaba. De nada sirvieron los ruegos de Aouda para que esperaran a los que faltaban. El tren se puso en marcha y desapareció.

Llegó la noche y el destacamento no regresaba; Aouda tenía el corazón encogido por la angustia.

Al amanecer, con Phileas Fogg a la cabeza, llegaron triunfantes los soldados, Passepartout y los otros dos viajeros.

—¡El tren, el tren! —gritaba Passepartout.

—Se fue —dijo Fix.

—¿Cuándo pasará el próximo? —preguntó Phileas Fogg.

—Esta noche.

—¡Ah! —respondió simplemente el impasible caballero.

UN BUEN DÍA, AOUDA DESCUBRIÓ QUE EL CORONEL PROCTOR VIAJABA EN EL MISMO TREN.

DEBEMOS IMPEDIR QUE SE ENCUENTREN.

JUGAREMOS CON FOGG A LAS CARTAS.

SIN QUE ESTUVIERA PREVISTO, EL TREN SE DETUVO.

¡EL PUENTE VA A DERRUMBARSE!

SI NOS LANZAMOS A TODA VELOCIDAD, PODREMOS CRUZARLO.

UNA MAÑANA, EL CORONEL PROCTOR DESCUBRIÓ AL SEÑOR FOGG. DECIDIERON BATIRSE EN DUELO CUANDO...

¡ES UN ATAQUE DE LOS INDIOS!

TRAS CONSEGUIR DETENER EL TREN Y HACER HUIR A LOS SIUX...

CAPITÁN, FALTA MI CRIADO Y OTROS DOS VIAJEROS.

ALGUNOS DE MIS HOMBRES LE ACOMPAÑARÁN A BUSCARLOS.

MIENTRAS FOGG FUE EN BUSCA DE LOS DESAPARECIDOS, EL TREN SE DISPONÍA A SALIR.

NO PUEDEN IRSE. DEBEN ESPERARNOS.

NO ES POSIBLE, SEÑORA.

PHILEAS FOGG, PASSEPARTOUT, LOS OTROS DOS VIAJEROS Y LOS SOLDADOS REGRESARON AL AMANECER.

¿Y EL TREN?

SE FUE. HASTA ESTA NOCHE NO PASARÁ OTRO.

En el
Reform-Club

P hileas Fogg había acumulado un retraso de veinte horas y Passepartout se reprochaba ser el causante de la ruina de su amo.

—Anoche —dijo Fix a Fogg—, un hombre me propuso ir a Omaha en un trineo a vela. De allí parten muchos trenes a Nueva York.

La reacción de Fogg no se hizo esperar y en unos instantes había cerrado el trato con el patrón de aquel curioso vehículo, muy utilizado en invierno, cuando la nieve impide el paso a los trenes.

El viento era favorable y la nieve estaba bien endurecida. Los pasajeros se instalaron en el trineo y se pusieron en marcha. El frío, incrementado por la velocidad, se hacía insoportable.

Todavía no era la una de la tarde cuando llegaron a la estación de Omaha, en el estado de Nebraska. Estaba a punto de salir un tren directo a Chicago.

Llegaron a Chicago donde Fogg y sus compañeros tomaron de inmediato un veloz tren hacia Nueva York. Atravesaron como un relámpago los estados de Indiana, Ohio, Pensylvania y New Jersey.

A las veintitrés horas y quince minutos del once de diciembre, el tren llegó a Nueva York. El *China*, con destino a Liverpool, había zarpado cuarenta y cinco minutos antes.

Este hecho pareció acabar con las últimas esperanzas de Phileas Fogg. Los otros barcos que realizaban el servicio directo entre América y Europa no podían solucionar el problema de Fogg: o eran demasiado lentos, zarpaban bastantes días después, o se dirigían a puertos europeos que no convenían al caballero.

—Veremos mañana lo que se puede hacer —dijo Phileas Fogg.

Se dirigieron a un hotel para pasar la noche. Fogg durmió como un niño; sin embargo, sus compañeros, presas del nerviosismo, no descansaron en toda la noche.

El día siguiente era doce de diciembre. Fogg salió del hotel solo y recomendó a Aouda y a Passepartout que estuvieran preparados para partir. Fue a los muelles y contempló los barcos de vela que se disponían a zarpar. No le servían.

De pronto, sus ojos se detuvieron en un mercante de hélice que se preparaba para salir. Se acercó y preguntó por el capitán.

—Soy Phileas Fogg, de Londres.

—Y yo, Andrew Speedy.

—¿Podría llevarnos a Liverpool? Somos cuatro.

—No, señor. Zarpo dentro de una hora para Burdeos. Nunca llevo pasajeros en el *Henrietta*. Son una carga demasiado molesta.

—¿Nos llevaría usted a Burdeos? Le pagaré bien —dijo Fogg.

—De ninguna manera. Ni por doscientos dólares.

—Le ofrezco dos mil.

—¿Por persona?

—Por persona.

El capitán Speedy se rascó la cabeza. Ganar ocho mil dólares, sin variar su ruta, bien valía olvidar su antipatía por los pasajeros.

—Salgo a las nueve —dijo simplemente el capitán Speedy.

Eran las ocho y media. Fogg fue al hotel a recoger a los demás y ofreció el pasaje gratuitamente a Fix. El *Henrietta* salió a la hora prevista con los cuatro pasajeros a bordo.

Al día siguiente, el barco no estaba al mando del capitán Speedy. Phileas Fogg había comprado a la tripulación y hecho prisionero a su capitán. El *Henrietta* se dirigía a Liverpool.

Durante los primeros días, el tiempo fue excelente; después sobrevino una fuerte marejada que puso en peligro el rumbo del barco. El navío continuó avanzando a buena velocidad.

El dieciséis de diciembre, el *Henrietta* había cubierto la mitad de la travesía, no tenía pues un retraso inquietante; pero ese día, el jefe de máquinas habló con Fogg. ¡Se estaba agotando el carbón!

Fogg ordenó a Passepartout que liberara al capitán, un minuto más tarde, el colérico Speedy gritaba en cubierta como un tigre.

—Señor, le ruego que me venda su barco...

—¡Jamás! ¡Es usted un pirata, un filibustero!

—Me veo obligado a quemarlo. No disponemos de carbón.

—¿Quemar mi barco? ¿Un barco de cincuenta mil dólares?

—Tenga, sesenta mil —dijo Fogg dándole un fajo de billetes—. El casco y la maquinaria serán, además, para usted.

El capitán aceptó. Quemaron las velas y todo lo que había de madera. Sin embargo, a las diez de la noche del día veinte, a menos de veinticuatro horas de expirar el plazo, el *Henrietta* se hallaba a la altura del puerto de Queenstown, en Irlanda.

Fogg, entonces, decidió dirigirse a Queenstown, desde allí, en uno de los rápidos expresos, llegaría a Dublín e iría en algún vapor hasta Liverpool, a solo seis horas de Londres. Y así se hizo.

A las doce menos veinte de la mañana del veintiuno de diciembre, los viajeros llegaban a Liverpool y Fix se acercó a Fogg.

—En nombre de la reina, queda usted detenido.

Phileas Fogg fue encerrado en una celda de la propia aduana. En ella, tranquilo como siempre, veía pasar las horas y calculaba en cada momento las posibilidades de llegar a Londres a tiempo.

A las dos y treinta y tres se abrió la puerta del calabozo. Aouda, Fix y Passepartout se precipitaron sobre él.

—Perdóneme —balbució Fix—. Ladrón... detenido... ¡Usted... libre!

Fogg se acercó a Fix y le golpeó con ambos puños a la vez. Tendido en el suelo, el detective no pronunció ni una sola palabra.

Fogg, Passepartout y Aouda fueron en coche hasta la estación de Liverpool. El tren había salido treinta y cinco minutos antes.

Phileas Fogg pidió un tren especial hacia Londres. Cuando llegaron, todos los relojes de la ciudad marcaban las nueve menos diez: llegaban con cinco minutos de retraso.

Phileas Fogg recibió con su habitual impasibilidad el golpe que le había asestado la suerte, estaba arruinado. De la suma que había llevado al viaje, le quedaba una cantidad insignificante, y las otras veinte mil libras pertenecían a sus contertulios del Reform-Club.

Passepartout, al llegar a Saville Row, apagó el farol, ya habría tiempo de enfrentarse a la factura del gas.

Al día siguiente, el señor Fogg fue a hablar con Aouda. Le confesó su lamentable situación económica y acabó pidiéndole perdón por haberla llevado a Inglaterra. La joven no alcanzaba a comprender; después de todo lo que había hecho por ella, aquel caballero se desvivía en excusas.

—Señor Fogg —dijo Aouda—, ¿quiere usted casarse conmigo?

—Señora, la amo por encima de todo —dijo Fogg levantándose.

Eran las ocho y cinco de la tarde cuando pidieron a Passepartout que fuera a reservar la fecha de la boda para el día siguiente, lunes. El joven estaba feliz y salió corriendo de la casa.

Los caballeros del Reform-Club se hallaban, mientras tanto, contando las horas y los minutos. A las ocho y cuarenta cuatro dejaron de jugar y empezaron a contar los segundos. Faltaban tres, para las ocho cuarenta y cinco, cuando se abrió la puerta del salón.

—Aquí estoy, señores.

Era Phileas Fogg en persona.

Lo que había sucedido era lo siguiente: a las ocho y cinco, unas veintitrés horas después de la llegada a Londres, Passepartout había ido a hablar con el párroco. Éste dijo al muchacho que la boda no podría celebrarse al día siguiente porque era domingo. El joven salió corriendo y arrastró a su señor hasta el Reform-Club; el reloj marcaba las ocho cuarenta y cinco cuando hizo su entrada en el gran salón.

¿Cómo es posible que un hombre tan meticuloso se hubiera equivocado? La razón era muy sencilla: al dar la vuelta al mundo yendo hacia el este, había ganado un día, sin darse cuenta. Al igual que lo habría perdido si hubiera viajado hacia el oeste.

¡Phileas Fogg había ganado la apuesta!

PHILEAS FOGG HABÍA ACUMULADO UN RETRASO DE VEINTE HORAS. HIZO DE TODO PARA RECUPERARLO: VIAJÓ EN TRINEO A VELA, EN TRENES, SECUESTRÓ AL CAPITÁN DE UN BARCO...

PERO, POR FIN, LLEGÓ A LIVERPOOL.

EN NOMBRE DE LA REINA, QUEDA USTED DETENIDO.

AL DÍA SIGUIENTE...

SEÑOR FOGG, ¿QUIERE CASARSE CONMIGO?

FOGG FUE LIBERADO. EL VERDADERO LADRÓN ESTABA ENCARCELADO DESDE HACÍA UNOS DÍAS. PERO AL LLEGAR A LONDRES...

SON LAS NUEVE MENOS DIEZ. HE PERDIDO LA APUESTA.

PASSEPARTOUT, DIGA AL PÁRROCO QUE LA BODA SE CELEBRARÁ MAÑANA, LUNES.

PERO, AL VIAJAR HACIA EL ESTE, HABÍAN GANADO UN DÍA, SIN HABERSE DADO CUENTA.

¡SEÑOR, HOY ES SÁBADO, NO DOMINGO!

EL VEINTIUNO DE DICIEMBRE, EN EL REFORM-CLUB...

AQUÍ ESTOY, SEÑORES.

Juego

≪≪ BUSCA LAS DIFERENCIAS ≪≪

Observa los dos dibujos y encuentra las **diez** diferencias que hay entre ellos.

Biografía de

<<<<<<< JULIO VERNE <<<<<<<

Julio Verne nació en Nantes el ocho de febrero de 1828.
A los veinte años se trasladó a París para estudiar Derecho,
estudios que abandonó para dedicarse plenamente a la literatura.
Fue lector empedernido de textos de las más diversas disciplinas científicas, lo que le proporcionó una cultura enciclopédica. Asimismo, se relacionó con científicos, exploradores y aventureros de su época.
Es, por excelencia, el escritor de novelas de aventuras fantásticas y de anticipación científica.
Su primera novela, *Cinco semanas en globo* (1863), fue un gran éxito que sobrepasó con creces los objetivos de su autor.
Desde ese momento, sus obras despertarán un entusiasmo extraordinario y disfrutará en vida de fama y riqueza. Esa fama se ha mantenido intacta hasta la actualidad y, todavía hoy, sigue siendo uno de los autores más leídos.
En su obra están presentes los avances de la ciencia de su tiempo y, con su gran imaginación, se anticipó a hechos que posteriormente se harían realidad: la navegación submarina, los vuelos espaciales...
En 1872 se publicó *La vuelta al mundo en ochenta días*, quizá su novela más conocida.
Además de las citadas, cabe destacar las siguientes obras: *Viaje al centro de la Tierra, De la Tierra a la Luna, Los hijos del capitán Grant* o *Veinte mil leguas de viaje submarino*, entre otras.
Murió en Amiens en el año 1905.

OTROS TÍTULOS
DE LA COLECCIÓN

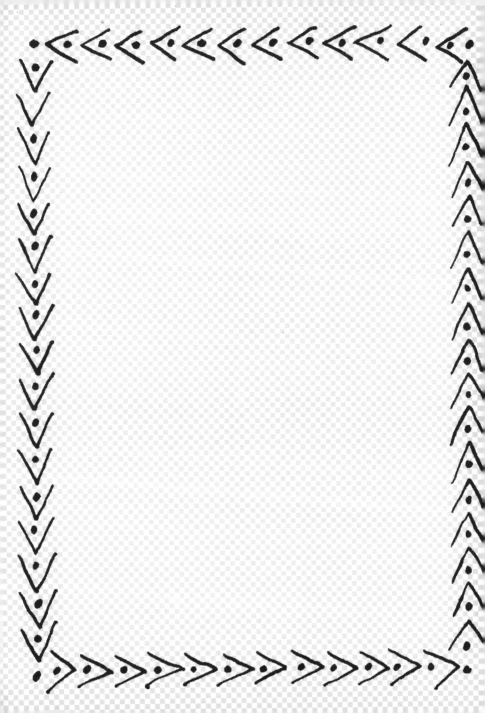